JN033797
られた期間にはなりますがどうぞよろしくお願いいたします」
なお友達ができて、私、すごくうれしいです」
ないように手を差し出すと、
笑んでクレアの手を握ってくれた。
ベアトリス・バズレール
17歳
イーグニス皇国・皇帝の末の皇女。ただ妾の子だったため市井育ち。そのため皇女という立場をがんばって演じているものの……。
クレア・マルティーノ
(主人公)
17歳
ノストン国の女傑を輩出する血統、マルティーノ公爵家の令嬢。ある晩、ベアトリスが現れる不吉な予知夢を見る——。
元、落ちこぼれ公爵令嬢です。
Previously, I used to be a disqualified daughter of the duke.

テラスに冷たい秋の風が吹く。
けれど、大広間の熱気がテラスにも
流れ込んでくるおかげで全く寒さは感じない。
いつの間にか、ディオンやリディアたちはテラスから姿を消していた。
もちろん近くにはいるはずだが、
きっと気を利かせて二人きりにしてくれたのだろう。
テラスから大広間を眺めていると、見知った顔の生徒たちが
音楽に合わせて楽しげに踊り語らう姿が視界に映る。

元、落ちこぼれ公爵令嬢です。

Previously, I used to be a disqualified daughter of the duke.

5

一分咲 Ichibu Saki
ill. 眠介 Nemusuke
キャラクター原案 白鳥うしお

contents

プロローグ

広大な国土を持つ大国・パフィート国。

クレアがパフィート国に留学してから、まもなく一年半の年月が経《た》とうとしていた。

夏の名残《なごり》を感じさせる爽やかな風が窓から吹き込んでくる中、ヴィークの執務机には今日も大量の書類がうずたかく積まれている。

それを前にクレアは少しぎょっとした。

「ヴィーク、昨日あんなに頑張って執務を終わらせたのに、今日もたくさんの書類が届いたのね」

「……ああ……明日で王立学校の夏季休暇が終わることを皆知っているからな。その前に判を押させようと必死らしい」

げんなりしているヴィークの隣には、ぴったりと三つの補助机が置かれている。

ヴィークの執務机とは対照的にすっきりとしたそこで、リュイとドニがいつも通り涼しい顔をしながら手元だけは超高速で書類を処理していた。

「慌ててこの書類を回してきた人の気持ちは、本当によくわかるよ。だってヴィークは基本優秀なのに、学校が始まると週末しか書類仕事をしなくなるから」

「書類仕事って効率よくルーティン化しちゃえば一番簡単なのにね。つまらない、で後回しにするヴィークの気持ちがわかんないな〜?」

辛口すぎるリュイとドニの言葉に、ヴィークは「俺は部屋にこもってるのがだめなんだよ。お前らだって苦手な任務はあるだろう?」と言い訳のように問いかけたが、リュイに「は? ないんだけど」と一刀両断されてしまった。

それをくすくすと笑って眺めながら、クレアはミルクティー色のロングヘアを揺らし一枚の書類を手に取る。

(これは、来年春に行われる立太子の式典開催に関わるものね。ずっと準備してきたものだけれど、ヴィークの立太子まであと半年。さらに忙しくなるわ)

二年間の留学は長いものと思っていたが、本当にいろいろなことが起こりすぎたせいで意外とあっという間だった。

ヴィークとクレアは来年の春に王立学校を卒業し、それを機にヴィークは立太子することになる。

立太子の式典は、これまでにクレアがパフィート国で見てきたどんな式典やパーティーよりも盛大なものになるようだ。

それを思うだけで、クレアの気持ちは引き締まる。

（加えて、その式典で婚約者と側近のお披露目が行われると聞いているわ。私は初めて『婚約者』としてヴィークの隣に立つことになるのよね。ずっと覚悟はしてきたけれど、パフィート国の国民に受け入れてもらえるか緊張する）

クレアの書類を握る手に力が入っていることに気がついたリュイが、声をかけてくる。

「クレア、何かわからないことがある？」

「ううん。ただ、来年の式典のことを考えるたびに気持ちが引き締まるの」

「クレアはいつもきちんとしててえらいね。誰かさんに爪の垢《あか》を煎じて飲ませたいよ」

「だ、誰かさん……」

クレアとリュイが微笑《ほほえ》み合えば、ヴィークは王子様らしさをどこかに置いてきたかのように子供っぽい口調で割り込んでくる。

「……ルピティ王国から戻ってから、お前たちは本当に仲がいいな……」

「もしかしてヴィークとより仲がいいかもしれないね」

「!?　リュイは……本当に言うよな……」

「ふふっ」

リュイに余裕のある笑みで返され、すっかり顔を引きつらせたヴィークを見つめ、クレアは笑った。

こうして冗談を交わしながら和気あいあいと過ごせる時間は、クレアにとってこの上なく幸せで愛しいものなのだから。


今クレアが送っているのは、二度目の人生だ。

一度目の人生では、名門公爵家に生まれたにもかかわらず期待に応えられなかった。

落ちこぼれ扱いをどうすることもできず、戸惑いと自分の不出来を理由に甘んじていたら、いつの間にか義妹シャーロットに居場所を奪われて国を出ざえるをえなくなった。

そこで出会ったのがヴィークたちだった。

煌《きら》めくようなブロンドの髪にエメラルドグリーンの瞳を持ち、近寄りがたいのかと思えば気さくな人柄の大国の第一王子・ヴィーク。

クールビューティな印象の護衛騎士・リュイと、小柄で人懐っこい笑顔のドニ、場所が違えば『脳筋』と称されそうではあるものの優しい兄貴分のキース。

優しい彼らの献身もあって、クレアは立ち直り新しい人生を歩み始めたのだが、その先で待っていたのは義妹シャーロットが引き起こした絶望の未来だった。

クレアに希望を与えてくれた大切な人たちが犠牲になり、パフィート国とノストン国は開戦目前。

自分のせいで大切な人たちの幸せな未来が奪われたことを悔いたクレアだったが、そこで自分が持っている不思議な力のことを思い出した。

――この世界は『乙女《おとめ》ゲームの世界』であり、やり直せるセーブデータがある。そして自分はそのセーブデータをロードできる手段を持っているのだ、と。

持てる魔力全てを引き換えにしてセーブデータまで戻ったクレアを待っていたのは、一度目とは違う人生だった。

けれど、クレアは戸惑いながらももう一度大切な人たちと関係を築き、絶望の未来を回避し、ヴィークと恋人同士になった。

大災害を引き起こす可能性がある『魔力竜巻』も浄化し、クレアが知っている未来の心配な点は全て回避された。

順風満帆。この先は、クレアが守りたかった大切な人たちに失われたはずの未来が待っているのだ。

(もう心配事なんてないわ。だって、皆がここにいるんだもの)

これまでにあったことを思い返し、ほっとして微笑めばヴィークが聞いてくる。

「この春はルピティ王国に行ってジルベール殿下の面倒に巻き込まれたり、夏には魔力竜巻があったりしたが、この先のことはクレアも知らないんだよな」

「ええ、私も初めてなの。まさか、こんなに穏やかな気持ちでいられると思わなかった」

「ここからはきっと忙しくなるぞ。立太子の式典準備に、王立学校の卒業試験もある」

「卒業試験？」

パフィート国に来て初めて聞く言葉に、クレアは首をかしげた。

クレアが生まれ育ったノストン国の王立貴族学院に卒業試験はない。

もちろんテストはあるが、ノストン国での学院の役割は『貴族子息・息女に教養を身につけさせつつ交流を持たせること』だったため形式的なものにすぎなかった。

例えば、クレアの元婚約者・アスベルトは今年の春に特別な試験を受けることなく学院を卒業し、王位継承者としての修業を続けている。

それを支えるヴィークの従妹《いとこ》であるニコラからの手紙は頻繁に届いていて、その手紙をよく読んでいたクレアは、自分も当たり前に厳しい試験を受けることなく学校を卒業できるものとばかり思っていた。

（でも、よく考えてみれば当然だわ。パフィート国の王立学校はレベルが高いものね。同じはずがない）

完全に油断していた分野の話にクレアが目を丸くすると、リュイが教えてくれる。

「王立学校の卒業試験はちょっと面倒なんだよね。メインとなるのは卒業レポートの提出なんだけど、ほかに学科試験と実技試験もあって評価も厳しいし、賄賂を渡して成績を買うこともできないから、毎年一定の割合で落第者が出るんだよ。まぁ、クレアには無縁な話だとは思うけどね」

「卒業生には卒業試験の細かい内容を明かさないよう緘口令《かんこう》が敷かれるんだよね。だから試験内容はこれ以上教えてあげられないけど……でもクレアもヴィークも成績優秀者だもん。僕もリュイも無事にクリアしたし、特別な面倒に巻き込まれない限り絶対に大丈夫だよ？」

「そうなの……？」

リュイもドニも数年前に王立学校を優秀な成績で卒業したと聞いている。

つまり、クレアとヴィークにとっては『卒業試験』を経験した先輩だ。

ドニの言葉にちょっとだけ不安になってしまったが、ヴィークが思い出したように告げてくる。

「俺も父上――国王陛下から聞いたことがあるが、王立学校の卒業試験は思い出作りも兼ねているらしい。一定の落第者は出るが、そこまで心配しなくていいと。とにかく欠席するなということだった」

「なるほど……？」

ますます試験内容が見えなくて、首をかしげてしまう。

（けれど、立太子の式典準備を言い訳にはできないわ。だってヴィークはもっと忙しいのに卒業試験をクリアするんだもの）

クレアが一度目の人生で『データをロード』した時期はもう過ぎた。

つまり、この先の未来はクレアもディオンも知らない真新しいものになっていくが、ヴィークが優秀な成績で試験をパスするのは目に見えている。

書類をため込む習性はあるが、そのほかは完璧な王子様なのだから。

となると、心配なのは自分だった。

（しっかり勉強して臨めば大丈夫かしら）

「クレア？　この前の定期試験も一位だったんだよね？　それなら絶対に問題ないよ」

（ヴィークの婚約者としてお披露目されたときに、王立学校の四年生だなんて名乗るわけにはいかないわ）

「あのときはヴィークが少し複雑そうにしてて笑えたけど……って聞いてる？」

（恥ずかしくない成績を修められるように頑張らないと）

「……クレア？　クレア？」

こうなってしまえば、クレアにはリュイの声が届かない。

真面目すぎると言われることもあるクレアは、週末の勉強の時間をさらに増やそうと心に誓ったのだった。

第一九章

翌週の王立学校。

夏季休暇が終わり、いつも以上に周囲がざわざわとしている。

卒業試験の存在を知ったせいで、先週は夜更かしをして勉強することになってしまった。

いつまでも眠気がとれないクレアを待っていたのは、掲示板の前の人だかりだった。

なかなか掲示板に近づけず遠巻きに見ていると、一足早く登校していたらしいリディアが声をかけてくる。

「クレア様！　掲示板、ご覧になりました？」

「これからですわ」

「卒業試験の内容が発表になったようですわ」

「……卒業試験」

今まさに心配していた内容にクレアは緊張する。

けれど、兄がいて卒業試験のことは既に聞いていたらしいリディアは、全く動揺する様子がない。

「噂《うわさ》通り、試験範囲は全範囲ですわね。加えて、レポートが必要になりそうですわ」

掲示板の内容は、こうだった。

卒業試験の内容
・魔道具をテーマにしたレポート
（魔道具の出所・種類は問わない）
・一般教養科目、専門科目のペーパーテスト・実技試験
（試験範囲は全部とする）


「魔道具をテーマにしたレポート……」

パフィート国では魔道具はそれなりに流通しているが、クレアの故郷ノストン国ではほとんど使われていない。

まさかそれが卒業レポートの題材になってしまうとは。

後れをとってしまったのでは、と焦るクレアに、隣からリディアが話しかけてくる。

「私も兄に聞いて王立学校の卒業試験の面倒さだけは知っているのですが……何ぶん『面倒で大変だった』という以外に情報がなくて。ですが、レポートに関しては兄も相当苦労

したとだけ」

「リディア様のお兄様がご苦労されたとなると、私たちもきっと同じように苦労することになりそうですわね」

「ええ。王立学校は研究機関も兼ねていますから、適当なものでは許していただけないでしょうね。……私は魔法は得意ですが魔道具にはあまり縁がなくって。どんなものを研究対象にしようか困ってしまいますわ」

どうしましょう、と頬に手をあてて思考するリディアを眺めながら、クレアもいろいろと考えを巡らす。

（確かに、上位の色の魔力を持つことが多い貴族子息にとって、魔道具はあまり馴染《なじ》みがないものだわ。お母様の形見であるブレスレットを研究対象にできたらいいのだけれど、旧リンデル国では国宝級の魔道具として扱われていた過去もあるのよね。さすがにちょっと反則よね……）

一緒に考え込むクレアを見たリディアは、ハッと弾《はじ》かれたように顔を上げる。

「そうですわ。私は父に相談しますが、クレア様はパフィート国内にご家族がいらっしゃらないですわね。私よりも大変かもしれませんわ」

「家族に相談する必要が？」

「はい。わざわざ『魔道具の出所は問わない』なんて書かれているところを見ると、間違いなく家の力を使うことを前提としていますわ。きっと、パフィート国の貴族令息・令嬢らしく派手な研究結果を提示してほしいのでしょう。必要ならヴィーク殿下を頼るのもありだと思いますわ」

「……それはちょっと反則すれすれのような気も……？」

クレアの立場でできないことはないが、さすがに憚《はばか》られる。

どうして自分の身の回りには反則級の魔道具しかないのか。

思わず笑顔が引きつってしまったクレアだったが、リディアはおっとりと続ける。

「とにかくクレア様。反則でも何でもいいですから、早く卒業試験の準備を終わらせてイベントを楽しみましょう？　私、クレア様と旅行に出かけられるのを楽しみにしているんです」

「旅行って、何のことでしょうか？」

首をかしげたクレアに、リディアはさっきよりは人が減った掲示板の中央を指差した。

「ご覧になってくださいませ。王立学校の卒業試験は『合宿』なのですわ。王都の王立学校だけでなく、各地から多くの学生が集まります。時には他国からの留学生も加わって、大規模なイベントになるのですわ」

そこには、リディアの説明通り試験合宿の文字があった。

「試験なのに賑《にぎ》やかなイベントなのですね」

「ええ。一応は貴族令息・息女が通う学校ですから、最後に申し訳程度の交流の時間を作ってくださるのでしょう。きっと、よその王立学校に通う皆様とお近づきになるチャンスでもあります」

「なるほど」

パフィート国に王立学校は一つではない。

もちろん王都にある学校が一番大きいが、広い国土に合わせて各地に設置されていることが特徴なのだ。

カリキュラムも、領主について移動することが多い貴族子息が適応しやすいように作られていた。

(ディオンも旧ミード伯爵家の領地近くの王立学校に通っていたところを、王都に転校してきたのよね)

どうやら、これは卒業をかけた試験というだけでなくあらゆる面で大規模なイベントになりそうだ。

そんなことを考えながら、クレアはあらためて掲示板を見た。

試験合宿は冬に入ってから学校が所有する合宿所で行われると書いてある。

合宿所といっても、ここは貴族子息が通う王立学校だ。貴族の別邸のような場所だということは容易に想像がつく。

だからこそ、リディアは『イベント・旅行』という言葉を使ったのだろう。

かつて、ノストン国の王立貴族学院で寮暮らしをしていた頃のことを思い出す。

当時、厳しい決まりはあったし、最後の方はあまりいい思い出はなかった。けれど、学友たちとの共同生活は確かに楽しいと思えたこともあった。

それに王立学校に通い始めた今は、卒業試験に不安は感じつつも、クレアはこの毎日をとても楽しんでいる。

イベントだと思えば、華やぐ心は隠せない。

「少し不真面目かもしれませんが、卒業試験合宿……楽しそうですわね」

「ええ。きっと合宿にはヴィーク殿下もいらっしゃることでしょう。クレア様は殿下とご旅行に行かれたことはあるでしょうけれど、学校の皆と一緒に出かけるのはまた雰囲気が違って格別ですわ」

いつもはおっとりと穏やかな表情を見せることが多いリディアも、心なしか瞳が輝いている。

(卒業試験の一環だというのはわかっているけれど、リディア様やヴィークたちと一緒に旅行に行けるのね……！)

卒業試験については不安だらけだったはずが、楽しい時間が待っていると思えば、俄然《がぜん》やる気が湧いてくるのだった。

数日後の朝。

王宮内の離宮に、呼び鈴の音がけたたましく鳴り響いた。

朝の支度と朝食を終え、そろそろ試験勉強でも始めようかと思っていたクレアは目を瞬《しばたた》く。

(こんなに朝早くから、一体何……⁉)

「クレアお嬢様、お嬢様……！」

ロビーで応対してくれているはずのソフィーがひどく狼狽《ろうばい》する声が聞こえ、クレアは慌てて駆けつけた。

しかし、そこにあった謎のガラクタの山を見て、うっかり同じような悲鳴を上げそうになってしまう。

「ソフィー、どうしたの？　って、こ、これは⁉」

ロビーを埋め尽くしそうな勢いのガラクタの山。

気配から、これらは大量の魔道具らしいことは何となくわかる。

しかし何よりも、状況と物理的なスペースを整理しなければいけないだろう。

まず、視界のほとんどを遮っているのはクローゼットのような見た目をした移動式の大きな箱である。

それは、意匠が無駄に豪華かつ派手でキラキラしている。

大きさも相まって、非常に目障りな代物だった。

（一番目立つのはこの不思議で巨大な箱だけれど……！）

しかし置かれているのはそれだけではないのだ。

ワインをつくるときに使う樽《たる》のようなもの、どういうわけなのか踏み台のような形をした不思議な石、椅子の形をしているものの明らかに普通の見た目ではない椅子、禍々《まがまが》しい色と気配を放つ食器セット、なぜかこんなところにある街灯、謎の空き瓶……。

その周りには一見装飾品に見えるものもある。

しかし油断はできない。

気配から察するに、恐らくこれらもアクセサリーの見た目をした特別な魔道具なのだろう。

なぜ魔道具だとわかるのかといえば、どれもほんの少し魔力の気配がするのだ。

「これは一体どういうことなの？」

何とか悲鳴を飲み込んで魔道具の山を見上げれば、その後ろからものすごく見覚えのある男がメガネを光らせて顔を出した。

「クレア、久しぶりだな」

「お、お兄様……!?」

それはクレアの長兄であり、マルティーノ公爵家の主《あるじ》でもあるオスカー・マルティーノだった。

恐らく、オスカーは魔力を使って作動させることで遠方を訪問することが可能な『扉』を使い、パフィート国にやってきたのだろう。

このロビーで一際目立つ、どう考えても邪魔でしかないギラギラしたクローゼット型の魔道具を撫《な》でながら、満足そうに告げてくる。

「この前、王立学校の卒業レポートに必要だと手紙に書いただろう？　ノストン国ではあまり魔道具は一般的ではないが、その中でも見つけられたものを持ってきた」

「……ありがとう……ございます……？」

随分早すぎるのではないか。

加えて、この大量すぎる魔道具を選別もせずに届けに来てくれるとは。

困惑を隠せないものの、何とかお礼だけは言えた状態のクレアの心情をまだ兄は理解していないらしく、さらに続ける。

「例えば、この巨大な箱は古《いにしえ》の実用的な魔道具だという。王宮のアスベルト殿下のお部屋にあったものを借りてきた」

「ア、アスベルト殿下のお部屋から持ってきたのですか⁉　これを⁉」

「ああ。中に異空間を作ることができるらしい」

「⁉」

一国の王子の私物を持ってくるとは……とクレアは呆気《あっけ》に取られてしまう。

確かに、ノストン国で魔道具はあまり一般的ではない。

一部でしか流通していないとなると、その持ち主は自然と王族や上位貴族などになるのだろう。

しかも、クレアのパフィート国への留学が決まったとき『国賓級の賓客として対応を』と申し入れたアスベルトのことだ。

元婚約者であり友人のクレアのため、自分のクローゼットを開け渡すことなど容易《たやす》いことなのだろう。頭が痛い。

そもそも異空間を作れる魔道具ならこんな派手な意匠を凝らすのではなくもっと小さいサイズにした方がより効果的なのでは。

古の王族への不敬な問いを堪《こら》え、クレアは兄に確認する。

「オスカーお兄様。確かに私は卒業試験のレポートに悩んでいるというお手紙を書きましたわ。ですが、研究対象になる魔道具を探していると書いただけで、思い当たる魔道具全てを持ってきてほしいなどとは微塵《みじん》も思っておりません。ですからこれは持ち帰、」

「クレア。ヴィーク殿下の婚約者として肩身の狭い思いをしているのではないか？　我がマルティーノ公爵家は本来は没落していてもおかしくない。それを、クレアが守ってくれたんだよ。兄として情けなく、できることは何でもしたいと思っている」

オスカーは辞退の言葉を被せ気味にかき消してくる。

「お兄様……」

自分を思いやってくれる兄についうっかり感動しかけたクレアは慌てて頭《かぶり》を振った。違う騙《だま》されてはいけない。

妹想《おも》いの言葉を並べ立ててはいるが、本来の兄は野心家なのだ。

一時期はクレアをヴィークのもとに、シャーロットをアスベルトのもとに、と画策していたことも知っている。

きっと、この献身もクレアが無事にパフィート国王家に嫁げるように、と考えてのことに違いない。

オスカーもそれをクレアが見透かしていると知っているのだろう。

メガネを人差し指で押し上げると、きりりと言い放つ。

「王立学校の卒業試験は厳しいのだったな。賢い上に勤勉なクレアなら問題ないと思うが、できることは何でもさせてくれ。そして大国の王族との縁を深めたい」

「!?　お兄様ったら、間違いなく最後の言葉が本音ですね!?」

そこには、半年前の婚約式でマルティーノ公爵家の失態を詫《わ》び、小さくなっていた兄はもういなかった。

兄が持ち込んでくれた大量の魔道具を見ながら、クレアはくすりと笑って息を吐く。

(魔道具になじみのないノストン国で、これだけのものをわずか数日で集めるのは大変だったことでしょう。卒業試験のレポートはこの魔道具の中から選んで使うわ。リディア様は珍しいものが必要だとおっしゃっていたけれど、考えてみたら異国であるノストン国の魔道具もここでは貴重よね)

「魔道具のことは、いざとなればヴィーク殿下に相談してもと思っていたのですが、必要なさそうですわ。お兄様のおかげです」

「何だと。ヴィーク殿下に相談を……?」

「はい。私はパフィート国内の魔道具に伝手がありませんので、もしどうしても魔道具が見つからなかった場合図々しくも殿下にご相談しようかなと思っていました。ですが必要なくなりましたわ。お兄様がお持ちくださったこの宝の山から、どの魔道具を選びましょうか?」

「クレア待て。そうした方がいい。可能なら王族との繋《つな》がりをアピールするべきだ。このガラクタは私が速やかに全て持って帰ろう」

「お、お兄様!?」

いい話に野心を差し込んで台無しにするのは長兄オスカーの特技のようだ。

クレアが反射的に『アスベルトの部屋から持ってきた魔道具』を守ろうとしてしまったところで、声がした。

「朝からずいぶん楽しそうだな」

「ヴィーク！」

まだ朝食を終えたぐらいの時間のはずなのに、なぜかヴィークがオスカーの背後に立っている。

後ろに控えているリュイが呆《あき》れ顔をしているところを見ると、きっと朝の予定を変更してまでやってきたのだろう。

「これはヴィーク殿下。婚約式以来ですね。妹をいつも気にかけてくださり感謝申し上げます」

「婚約者を大切にするのは当然のことだろう。それに、俺もクレアに元気をもらっているからな」

（!?）

オスカーの言葉は間違いなくただの挨拶の言葉なのだが、ヴィークはしっかり真面目に答えている。

惚気《のろけ》とも取れる言葉にオスカーが満足げに頷《うなず》いたところで、リュイが不機嫌そうに口を挟んだ。

「本当は午前中から予定が詰まっているのですが、殿下がどうしてもクレア様の兄上と交流をはかりたいと」

「？　ヴィーク、どういうこと？」

それを聞いたクレアはヴィークに向き直る。

今日は王立学校は休みだが、休日こそヴィークにのんびりしている時間はないはずだ。

この前、執務室で机にうずたかく積まれていた書類はきっと倍以上の高さになっているだろうし、書類仕事以外にも公務が目白押しのはずだ。

扉の使用履歴を確認してオスカーがやってきていることを知ったのは容易に想像がつくが、どうしてそこまでして来てくれたのだろうか。

首をかしげたクレアに、ヴィークは事もなげにさらりとした言葉で応じる。

「当然のことで、そんなに驚くことじゃない」

「でも、公務を差し置いて私の兄に会いに来るのは、どう考えてもおかしいと思うのだけれど⁉」

普段、ヴィークが物事の優先順位を間違えることはないはずなのに、なぜこんなことになっているのか。

納得できず頬を膨らませたクレアに、ヴィークは真剣な表情を見せた。

「クレアの人生を作ったのは、クレアの家族だ。つまり、間違いなく俺はクレアの兄上と仲良くなれるはずだ」

余裕たっぷりに告げてくるヴィークは、相変わらず王子様らしく自信家だ。

その考え方は『一度目の人生』でも、『やり直した二度目の人生』でも変わらない。

忙しいのに、歩み寄ってくれようとするヴィークの姿に心が温かくなる。

ここのところ、立太子の式典で彼の隣に立つことを想像してはドキドキしていたクレアは、急に心の支えを得たような安堵《あんど》を感じていた。

「……ありがとう、ヴィーク」

「で、この謎の箱は何だ？」

「アスベルト殿下のクローゼットよ。兄がわざわざ持ってきてくれたの」

「は？　クレアの兄上は本気か？」

たった今クレアを感動させたばかりのヴィークは、その余裕が嘘《うそ》だったかのように顔を引きつらせ、呆気に取られている。

そこに、好奇心に満ちた声が聞こえてきた。

「――この魔道具は一体何でしょうか？」

気がつけば、リュイが離宮のロビーに積まれていた魔道具の山の中からある陶製の器を手に取っていた。

白い陶器に青い絵の具で不思議な模様が描かれ、猫足のスタンドがついたその器は、一見何の変哲もない香炉のようにも見える。

けれど確かに魔力の気配があり、魔道具だということがわかる。

真剣にそれを観察しているリュイに、皆の会話を見守っていたオスカーはニコニコと微笑みながら応じた。

「その魔道具は祖母の遺品を整理していたら出てきまして。かつて聖女として活躍していた頃の品のようです」

「聖女だった祖母上の魔道具、ですか。……クレア、クレアの祖母上は特別な色の魔力の持ち主なんだよね？　数十年前の魔力竜巻を一人で浄化したという」

「ええ。銀の魔力の持ち主だったと聞いているわ」

クレアはリュイに答えながら、記憶の片隅にある祖母の姿を思い出す。

女傑として知られたクレアの祖母はもうこの世にはいない。

けれどノストン国の聖女、叔母《おば》のアンに言わせれば、祖母はクレアと同様にいわゆる『夢』を見るタイプの女傑だったらしい。

例えばその力を使い、一度目の人生でクレアが破滅の未来から抜け出すきっかけを作ってくれたのも祖母だ。

クレアが人前で婚約破棄されて居場所を失う未来を『夢』で見た祖母は、先回りをしてクレアが逃げ出すチャンスを作ってくれた。

それがあったからこそ、クレアは正しい場所で洗礼を受けられ、今こうしてここにいられるのだ。

この世界で最高ランクとされる魔力の色、『銀』を口にすれば、リュイは納得したように頷く。

「なるほど。この魔道具は、わずかだけど魔力の名残が感じられるね」

「魔力の名残が……?」

「そう。しかも、この魔道具からは一人の魔力しか感じられない。おそらくクレアの祖母上だけが使える特別な魔道具だったんじゃないかな。銀の魔力の持ち主にふさわしい、極めて特別な魔道具のように思えるよ」

「これが、おばあ様だけに使えた特別な魔道具?」

リュイが差し出してきた陶製の器を受け取って、クレアはしげしげと眺める。

(うーん。おばあ様が使っているところを見たことがないはずなのだけれど、なぜかものすごく気になるわ)

果たしてこの魔道具を見たことがあっただろうか。

遠い記憶の彼方《かなた》をかき回して何とか情報を引っ張り出そうとしても、何も出てこない。

魔法や魔力に関する知識では特に抜きん出ているリュイが知らない魔道具を、まさかクレアが知っているはずはないのに。

けれど、どうしても気になって頭から離れなかった。


その日、オスカーは用があったらしく、クレアに魔道具を渡すとすぐにノストン国へ戻ってしまった。

本当はアスベルトのクローゼットだけでも持ち帰ってほしかったのだが、兄は「遠慮するな」とはた迷惑な笑みを浮かべ満足そうに帰っていった。

気持ちだけは本当にありがたいが、この魔道具の山をどうしたらいいのか。

悩んだ末、クレアはとりあえずアスベルトのクローゼットの中に全てをしまっておくことにした。


夜になり、枕元以外の明かりを落としたクレアはベッドに入る。

ベッドサイドにはかつて祖母が使っていたらしい陶製の魔道具を置いていた。

魔道具の山の中から、これだけは持ってきてしまったのだ。

「確かに、ほんのわずかだけれど魔力の気配がするわ。これがおばあ様の魔力なのね」

祖母が亡くなったときクレアはまだ幼かった。

自分の魔力すら目覚めさせていない状態だったため、祖母の魔力がどんなものなのかも覚えていない。

けれどこの魔力の気配が祖母のものなのだと思えば、自分をかわいがってくれた祖母の姿が脳裏に思い浮かぶ。

思い出を反芻《はんすう》したクレアは、ベッドサイドの魔道具に手を伸ばす。

それからベッドの上に座ると、落として割れないように陶器を両手で大事に持ち、じっと観察する。

白い陶器に、青で描かれた絵柄。細かく砕かれた色付きの石が埋め込んであって、インテリアとしても映えそうな魔道具だ。

祖母も寝室で使っていたのではないか。何となく、そんな気がした。

「これは何に使う魔道具なのかしら？　どうやって使うものなの？」

じっと考えていると。

じわり。

陶器に触れている手のひらから、自然に魔力が吸い込まれる感覚がした。

「!?」

驚いたクレアは反射的に魔道具から手を離す。

すると陶製の魔道具はベッドの上にふかふかと転がった。クレアは慌ててそれを拾い上げる。

「割れちゃう！　ってよかった……何ともないわ……」

祖母の形見ともいえる魔道具が壊れていないことを確認すると、クレアはほっと息を吐いてそれを枕元に置き直した。

「今、魔力が吸い込まれる気がしたのは気のせいよね……？」

念のため、魔道具に何か変化がないか観察してみたが、特に変わったところはなさそうだった。

陶器でできた冷たくて硬い表面を撫でながら、クレアはふっと息を吐く。

（おばあ様もこの魔道具を使っていたのね。懐かしいおばあ様の姿が思い浮かぶようだわ。今日はお兄様にもお会いできたし、幸せな気持ちで眠りにつけそう。いい夢が見られるような気がするわ）


――そのはずだった。


気がつくと、クレアは真っ暗い空間で映画のようなものを見ていた。

体を支えているのは、ふかふかのベッドにも思える何か。断定できないのは、クレアにはここがどこで何の部屋なのかわからないからだ。

そこから見上げる暗闇の真ん中に浮かび上がる、白い物体。

(あれは何……?)

目を凝らしてみると、それは今日手に入れた魔道具なのだとわかった。

魔道具の中央からは白い光が放たれ、その先にできた光の平面に映像が映っている。

クレアが普段生きている世界に映像技術はない。おそらく、この意識は誰かのものと混ざり合っているのかもしれない。

そんなことを考えながら映像を見つめていると、一人の令嬢が現れた。

緩やかなウエーブを描くブロンドヘアに深い藍色の瞳が印象的な、とても可憐《かれん》で美しい令嬢だ。

見慣れない白い制服に身を包んだ彼女は、王立学校で見知った顔と共に歩いている。

つまり同級生のようだが、クレアは彼女を知らない。

誰なのだろう、そんな疑問に応えるように光の中に映されたスクリーン越しに彼女の澄んだ声が響く。

『イーグニス皇国からまいりました、ベアトリスですわ』

(イーグニス皇国というと……海の向こうの国だわ)

そんなことを思っていると、ベアトリスと名乗った令嬢は二重にぶれ、黒いもやに包まれていく。

この映像の中で何が起きているのかとクレアが目を凝らすうちに、ベアトリスの姿は見えなくなってしまった。


それから少しすると、場面が切り替わった。

どうやらここは大きな図書館らしい。

白い壁と大理石の床、本棚でさえ白で統一されたできたそこは、洗練された雰囲気のある巨大な空間だった。

天井は吹き抜けと見間違うほどに高く、さらにガラス張りになっている。

ドーム型に頭上を覆うそこからは青空が見え、すっかり暗闇に目が慣れたクレアは眩《まぶ》しさで目を開けていられない。

(こんな図書館、知らないわ)

けれど、目をそらさずにじっと映像を見ていると、声が聞こえてくる。

『クレア嬢、あったよ。この資料だよね?』

『ジルベール　タマニハ　ヤクニタツ』

『馬鹿にしないでほしいな。私だって高等教育はきちんと受けているんだ。調べ物ぐらいできる』

『リュイニ　イイトコロ　ミセタイカラ　ガンバッテル　ナケル、ドウセフラレルノニ』

――誰もいない図書館の奥から姿を見せたのはジルベールとプウちゃんだった。

緊張感のない会話をしているが、どうやら二人は図書館の中でクレアに話しかけているようだった。

もちろん、こちら側からこの映像を見ているクレアにではない。この映像の中にいるクレアに向かってだ。

（ジルベール殿下とお会いする夢を見るなんて、不思議）

普段はジルベールのことを思い出すことなど滅多にない。

あるとすれば、たまにジルベールからリュイを口説くような手紙が届いたときぐらいである。

（私は何と答えているのかしら。そして何を調べているの……？）

けれど当然、クレアの声や考えが向こうへと届くことはなく、映像の中の会話は勝手に進んでいく。

『卒業レポートの提出は終わったのに、まだ魔道具について調べたいなんて、クレア嬢はすごいね。私はバッドエンドを回避した後、すっかり緊張感を失ったというのに。この世界の真理を忘れたいのもあるけど……まぁ、クレア嬢のことは本当に尊敬するよ』

『ジルベール　キンチョウカンガナイノハ　イツモノコトダロ　ナニイッテンダ』

『――――』

プウチャンに続いて、映像の中のクレアは何かを答えたのだろう。けれど声が聞こえなかった。

それに対するジルベールの答えだけが響く。

『ああ、クレア嬢にとっては、これはバッドエンド回避と変わりないのか。――が――んだもんな。それに、これは私の国にも関係してくるかもしれない。とにかく、うまくいくことを祈ってるよ』

（一部がはっきりしなくて聞き取れなかったわ。でもバッドエンド回避と変わりないって、どういうことなの……？）

クレアがわけがわからないでいるうちに、さっきと同じようにまた映像が勝手に切り替わった。

次に流れてきた映像は、今まさに目の前で白い光を放つ香炉――魔道具を映していた。

カシャンと耳障りな音をたてて、白い陶器が粉々に砕け散る。

無惨に床に散らばった破片が映し出された後、その中に一人の令嬢が佇《たたず》んでいるのが見えた。

ブロンドヘアに深い藍色の瞳の彼女は、最初の映像で『ベアトリス』と名乗った人物だった。

白い顔をし表情が完全に抜け落ちているほか、拾った欠片《かけら》の一部で怪我《けが》をしたのか、指先から血が流れている。

『こんなもの、なくなってしまえばいいんだわ。誰かにしか使えない魔道具なんて意味がないの。これをもとに戦争が起こることもあるのでしょう？　だったらない方がいいんだわ。だから私が壊してあげたの』

「――――」

クレアが何か答えたようだが、やっぱり何も聞こえない。

けれど、ベアトリスは会話に応じる。

『ですが、クレア様の祖母上は亡くなられたのでしょう？　その上でクレア様がこの魔道具を使えるのならあなたのものではなくって？　でもどちらでもいいわ。だって、壊れてしまったのだもの。未来視の能力も魔道具がなければ役に立たないのでしょうね』

これ以上ないぐらいにピリピリと感じる、憎しみの感情。

その中にくっきり際立って見える、粉々になった魔道具と生気のない瞳で笑うベアトリスの対比がひどく不気味だった。

映像の中でくすくすと微笑むベアトリスの手が不気味な黒いもやに包まれていく。

それを、どこからともなく現れたヴィークが摑《つか》んで、ぼうっとしていたクレアは一気に引き戻される。

ベアトリスの手を摑むヴィークは、これまでに見たことがないほどにひどく冷たいな目をしている。

滅多に見ることのない姿に、クレアは思わず息を飲んだ。

『ベアトリス・バズレール。これは誰の命令だ？　皇国か、それとも――――か。今すぐに――――を返せ』

（……って何？　はっきり聞こえなかったわ）


ヴィークの厳しい声が聞こえたと思ったら、またすぐに場面が変わった。

会話の内容に聞き入っていたクレアは目を泳がせて、一体ここがどこなのか把握しようとする。

そこは、だだっ広い広場だった。

砂埃《すなぼこり》が巻き上がる地面。頭上には灼熱《しやくねつ》の太陽。いきなり熱い空気を吸ったせいで、喉が焼けそうだ。

この広場は白みがかった黄土色の壁で囲まれている。

よく見ると、ここは広場ではない。どこか異国の城の中庭のようだった。

けれど、とても静かだ。

たまに視界が砂埃に遮られるぐらいで、ほかには何も見えない。

（誰もいない……）

そう思うと、まるでクレアの意思に応じるように視点が切り替わった。

赤い絨毯《じゅうたん》に重厚なテーブルが置かれた会議室。その大きなテーブルを取り囲むように正装をした王族たちが座っている。

張り詰めた空気をまとった王族たちの正装の雰囲気はさまざまで、ここに集まっているのは一つの国だけではないとすぐにわかった。

（この人たちはただの王族じゃないわ。間違いなく各国の首脳よ。……どういうこと。この映像は何なの）

とてつもなく嫌な予感がして、クレアは両方の手を胸の前で握った。

そこへ、視界にヴィークの姿が飛び込んできた。

背後にはリュイとドニが神妙な顔つきで控えていて、隣の席にはノストン国のアスベルトが座っている。

アスベルトの後ろではサロモンが中央に鋭い視線を送っていた。

映像の中に異国の言葉が響く。

『ではこれから講和会議を始める』

（……〝講和会議〟？）

嫌な予感をそのまま言葉にしたような感覚を覚えた。

背中を冷たいものが流れ落ちていく。

（これは……講和会議？　つまり大きな戦争の後ということ？　でももし本当に講和会議なのだとしたら、ここにはどうしてノストン国の国王もパフィート国の国王もいないの？）

これが夢だというのなら、しばらく王妃教育を離れていたせいで、自分の常識が歪《ゆが》んでしまったのかもしれない。

そんなことを考えて何とか落ち着こうとするクレアの視界の端に、もう一度ヴィークとアスベルトの姿が映った。

並んで座る二人の顔立ちはクレアが知るものより少し大人びている。

彼らがもう少し年を重ねるとこんな雰囲気になるのかもしれないが、それにしてはただ年を重ねたというよりは、疲労により消耗し生気がなくなったように見える。

精悍《せいかん》な眼差しといえば聞こえはいいが、痩せて落ち窪《くぼ》んだ目を見ていると心配になってしまう。

（何……これは、何？）

頭の中で警鐘が鳴り響く。

暗闇の中、宙に浮かぶ映像を見つめるクレアの唇が震えながら動きかけたところで、また場面が切り替わった。

次の場面は、さっきの映像とは対照的だった。

魔道具が映す光の中にはノストン国の王立貴族学院が見える。

懐かしいはずのその場所だが、なぜかまるで静止画のように現実感がない。

それを背景に二人の女性の明るい声が聞こえてきた。

『ねえねえ、〝おばあちゃんの形見の香炉〟見つけた？』

『まだなの。全然見つからなくて』

『とにかくストーリーは後回しにして、サイドストーリーを進めた方がいいよ。そこでランダムに見つかるやつだから。でもチュートリアル込みって考えても、重要アイテムが序盤のサイドストーリーでしか手に入れられないなんておっかしいよね？』

『ほんっとう。狂ってるよ。でもそのアイテムがないと大変なことになるんだよね？』

『そうそう。巡り巡って大きな戦争になっちゃうし、場合によっては主人公の国だって巻き込まれちゃうの。そしてあらゆる攻略対象とのバッドエンドに繋がってる！　だから絶対に手に入れておかなきゃ！』

（戦争……おばあちゃんの形見の香炉……バッドエンド……って、何？）

この会話は、魔力を使い果たしたときにあの部屋でするのと同じ類のものだ。

けれど、今日は魔力を使い果たしたわけではないし、何よりも自分はこの会話の中にいない。

この映像を通じて聞いているだけだ。

（私にこの映像を見せている魔道具は、もしかして『乙女ゲーム』の重要なアイテムなの……？　おばあ様がかつて使っていたというこの魔道具がゲーム内のアイテム……？）

そんなことを思えば、映像は次第にぼやけ、聞こえてくる声も遠ざかっていく。

『主人公の魔力と反応して未来を見せる魔道具、かぁ。さすがクレアって感じのチートアイテムだけど、そんなすごいアイテム、どうしたってストーリーの中で奪い合いになるし、危険と隣り合わせだよね』

その響きに、背筋にぞくりとしたものが走る。

（何……？　夢にしては内容がリアルすぎるし、さっきの講和会議の映像と関係があるのかしら）

意味がわからず混乱しているクレアの目の前に、暗闇の真ん中で光を放っていた魔道具がつーっと飛んできた。

まるで『持ってくれ』というような動きだったので、クレアは手を伸ばしかけた。

そこで自分の手首につけられた母親の形見のブレスレットが目に入る。

（あ。〝繋ぎ目〟……）

以前、ノストン国の王立貴族学院の卒業パーティーに参加する準備をしたときのこと。

クレアの母親の形見のブレスレットは実は『祝福の象徴』と呼ばれる国宝級の魔道具で、あらゆるものの繋ぎ目をなくす役割があると聞いたことを思い出す。


――この光の向こう側と、こちら側には明確な境界線があるのではないかしら。


ブレスレットが目に入ったことをきっかけにそう思ったクレアは、光に触れるすんでのところで手を引っ込めた。

その瞬間に、世界は明るくなった。

自分を支えていたベッドの柔らかな感触が一気に強まって、重力を感じる。

――朝だった。


「クレアお嬢様、おはようございます」

侍女のソフィーがカーテンを開けると、朝の光が差し込んでくる。

「おはよう……」

挨拶を返したものの、頭がすっきりしない。

(不思議な夢を見たわ。でも、いつもの夢とはどこか違った。自分が入り込むのではなくて、干渉できないところから眺めるような、そんな夢)

夢にしてはずいぶんリアルだったような。

そして、起きたばかりなのにどこか体がだるい。まるで魔力をたくさん使った直後のようなのだ。

クレアの魔力量は膨大だ。例えば、国境を越える転移魔法を使うようなことをしないと魔力の消費を感じることはない。

それなのにこの感覚は不思議だった。

(目が覚めたばかりなのに……不思議)

何とか体を起こして枕元にある魔道具を見る。

それは、寝る前に見たもの、夢の中で見たもの、どちらとも同じだった。

ただ――。

「……煙が上がっている？」

香炉の上部からうっすらと煙が上がっているように見える。

それは、何とも言い表せない、虹色の細かな光を帯びたゆるゆるとした煙だ。

寝る前にこの香炉で香を焚《た》いた覚えなどない。

けれど確かに、この香炉は使用されたようだ。

心当たりがなかったクレアは、部屋を出ていこうとするソフィーに問いかけてみる。

「ねえ、ソフィー。私が眠っている間にこの香炉を使ったりしたかしら？」

「いいえ。私は香炉を使っておりませんし、お嬢様がお休みの間にこの寝室を訪れた人間もいませんわ」

「そう、ありがとう」

――と、なると。

（これはおばあ様が使っていた魔道具なのよね……）

寝る間にこの香炉を手にしたとき、魔力が吸い込まれるような感覚があったことを思い出す。

その直感はすぐに確信のようなものに変わった。

「もしこれが普通の魔道具ではなく、おばあ様だけが使えた、特別な魔法を引き起こすものなのだとしたら」

魔道具には、魔力の量を一定に保つようにしたり、特定の魔術を強化する補助的な役割のものから、魔力を持たない平民が生活に使える魔道具までいろいろな種類がある。

(魔法を起こす魔道具なんて聞いたことがないけれど、あってもおかしくない)

もしかして、昨夜自分は無意識のうちにこの魔道具を起動してしまったのではないだろうか。

だから不思議な夢を見たし、今はこんなに魔力を消耗している。

(この魔道具がどんな役割を果たすものなのかはわからないけれど、当たっている気がするわ)

となれば、不安が押し寄せてくる。

ノストン国の聖女である叔母・アンがいつか口にしていた言葉が頭の中に響く。

――「あなたのおばあ様はね、夢を見るタイプの人のようだったの」

「おばあ様の魔導具なのだとしたら、もしかして私が見たのはこれから起こりうる未来

「……？」

香炉の上部からゆっくりと消えていく、煌《きら》めく煙を見ながらクレアは呟《つぶや》いた。

黒いもやに包まれた見知らぬ令嬢と、見たことがないほどに冷たく厳しい表情をしたヴィーク。

重要に思える部分ばかり聞こえなかった会話の内容。

〝講和会議〟の映像。

あの香炉を『重要アイテム』だとするどこかの異世界の声。

もし、これが祖母が見ていた『夢』の類なのだとしたら。

「また幸せな日々を壊す何かが待っているのかもしれない」

そんなはずはないと信じつつ、いざ口にしてみると身震いがした。

（でも、考えていても仕方がないわ。とにかくまず〝イーグニス皇国のベアトリス様〟のことを調べてみよう。実在するかどうかで今後のことを考えればいいわ）

ベッドから起き上がり夢で見たものを反芻しながら、クレアは決意したのだった。

ということでその日、ヴィークの執務室を訪れたクレアは早速聞いてみた。

「ねえ、イーグニス皇国のベアトリス・バズレール様という方にお会いしたことはあるかしら?」

「……どうしてその名を?」

それまでつまらなそうに書類を見つめていたヴィークは、思いの外はっきりとわかりやすく表情だけで肯定した。

それを見ただけで、嫌な予感が胸の中に広がっていく。

「少し噂で聞いて気になっただけなのだけれど……知っているのね」

「ああ。ベアトリス・バズレールは皇国の末の皇女だ。事情があり、皇女として知られるようになったのはここ数年のことだ。俺も実際に会ったことはないが、形式的な交流があって名前だけは知っている」

「皇国の皇女殿下……」

夢の中で見た人物が存在したこと。

そして、そこまで高貴な存在だったことに、クレアは動揺を隠せない。

(あの夢の内容と一致するわ。彼女がこれから私たちに深く関わってくる可能性がないとは言えない)

ここを異世界とする世界があることをヴィークたちは知らない。

一度目の人生で皆を救うためにクレアが時を巻き戻したことも、『乙女ゲーム』のセーブデータを読み込んだのではなくただそういう魔法を使ったのだと思っている。

クレアのほかにここが異世界だと知っているのは、ルピティ王国の第二王子ジルベールだけだ。

(皆は私に時を遡る能力があると思っているのよね。でも実際はそうじゃない。……そういう細かい部分を説明していない以上、夢で未来を見る能力についてはまだ話せない)

困惑し考え込むクレアの様子をヴィークは不思議そうに見つめてくる。

「どんな噂を聞いたんだ？」

「……大したことではないの。何となく気になって」

さすがに夢で見たとは言えず、言葉を濁すしかない。

けれど、ヴィークは何かを察したように教えてくれた。

「彼女には特別な背景があるんだ。皇帝の血を引くものの庶子として生まれた彼女は市井育ちだったが、一五歳の洗礼式で特別な固有魔法を持っていることが判明し、皇宮に呼び戻された」

「特別な固有魔法……つまりディオンの『魔力の共有』みたいなものよね？」

「そうだ。彼女はイーグニス皇国の皇族に稀《まれ》に出現すると言われる禁呪の使い手らしい」

ヴィークの真剣な声色に、クレアは警戒感を強めた。

「それはどんな禁呪なの？」

「……人と入れ替わる魔法だと」

「！」

想像すらしたことがなかった類の魔法に固まるクレアだったが、ヴィークはさらに詳しく教えてくれる。

「一度入れ替わったら、本人が魔法を解くまでもしくは自然に解けるまでの数日、そのまま。しかし、彼女が持つ魔力の色は一般的なものだといわれている。だから、王宮魔術師と同等の加護を使えば禁呪は防げるんだ」

「でも……人との入れ替わりなんてこれまでに聞いたことがなかった魔法だわ」

固有魔法の内容自体も驚きのものだった。

けれどそれ以上に、夢の中で香炉を割ったベアトリスに厳しい視線を向けていたヴィークのことが気になる。

（もしベアトリス殿下が痕跡を残さずに他人と入れ替われるのなら、世界で恐れられる禁呪ね。そんな魔法を操る人と私たちは敵対することになる……？）

考え込んでしまったクレアのことを、ヴィークは禁呪を恐れていると思ったようだ。安心させるように続ける。

「わかっていると思うが、もし彼女と会ったとしてもクレアなら問題ない。ディオンの禁呪も弾いただろう？　俺たちだって、普段はそれを上回る加護をかけている。だから問題ないんだ」

「僕なんて、それどころか侵食されちゃったけどね？　クレアの加護には少し手加減してほしかったなぁ」

ずっと静かに話を聞いていたディオンがあっけらかんと話せば、執務室にはまた笑いが戻ってくる。

けれど、今この瞬間にかつて祖母が使っていたという魔道具がどんな働きをするものなのか理解したクレアは、まだ動けなかった。

（イーグニス皇国にベアトリス殿下は実在した。きっと、おばあ様は『夢』を見るのにこの魔道具を使っていたんだわ。望み通りの未来を見られるわけではないけれど、ランダムにこの先何が起きるのか知ることができるのね）

となると、新たな問題が浮上してくる。

夢では、ベアトリス・バズレールは近いうちにクレアたちに関わることになるようだ。

そして黒いもやに包まれた。

その後場面が切り替わると、彼女はクレアの祖母の形見である香炉を粉々に破壊した。

それを咎《とが》めるヴィークの声色と表情は、これまでに見たことがないほどに厳しいものだった。

（ヴィークは私のおばあ様の形見が壊されたという理由だけでも怒ってくれるとは思うわ。でも、あんな厳しい顔見たことがない）

それは、ただ『ものが壊された』だけではなく、誰かの身に危険が迫っているからこそではないのだろうか。

（それに、よく聞き取れなかった会話もあるし、その後に見た別の場面のことも気になるわ。〝世界戦争〟の〝講和会議〟。そして『巡り巡って大きな戦争になっちゃうし、場合によっては主人公の国だって巻き込まれる』ってどういうことなの）

恐ろしい予感に身震いがする。

（おばあ様は、サロモン様に卒業パーティーでのエスコートを託すことで私を救ってくれた。私もおばあ様がしてくださったように皆を救わないと）

けれど、どうしたらいいのだろうか。

皆の会話を聞きながら考え込んでいると、ヴィークが口を開く。

「ベアトリス・バズレール――ベアトリス殿下のことは、恐らく来年の春に行われる立太子の式典には彼女も呼ぶことになるだろう。それだけの規模の式典だ」

「……ベアトリス殿下に招待状の手配をしていたのね。気がつかなかったわ」

式典の招待客についてはクレアに任されている仕事の範疇《はんちゅう》だ。努めて平静を装って聞くと、ヴィークは言い淀《よど》む。

「ああ。まぁ、その……既にリストに入っているとは思うが」

「？」

はっきりしない言い方にクレアは首をかしげた。

皇国の皇女への招待状が後回しになっているのは、どう考えてもおかしい。

つまりこういうことなのだろう。

「なるほど。その固有魔法のせいで、ベアトリス殿下を招待するかどうかの判断が先送りになっていたのね。特別な禁呪を持つ彼女を、各国の要人が集まる大規模な式典に招待することに、反対する声があったと」

納得したクレアが問いかけると、ヴィークはとんでもなく微妙な表情をした。

「……ああ、まあ……。判断が先送りになっていたこと自体は事実だな」

何とも言えないはっきりした言い方をするヴィークの隣で、リュイがくすっと笑う。

「そんなまともな理由ではないよ」

「リュイ、黙れ」

「ベアトリス殿下はヴィークに頻繁に手紙を送ってくるんだよ。そういう事情もあって、招待状の手配は常識の範囲内でギリギリの日程ですることにした。邪険にしていい相手ではないけど、立太子の日までに何通も返事を書くのは面倒だからね。私が」

リュイは笑いながら話し始めたものの、途中に挟まれたヴィークの言葉を無視して続けると、最後には怒りを含んだ冷静な声色になった。

思ったものとは違う会話の内容に、クレアはぱちぱちと目を瞬くしかない。

「リュ、リュイ……？　あの……？」

「ヴィークは自分の選んだ相手と婚約したと言っているのにくじけないベアトリス殿下にも、皇国の皇女が相手で手紙なんてもう送ってくるなとはっきり言えないヴィークの立場にも、どちらにも腹が立つ」

「なっ、なるほど……わかったわ」

どちらの気持ちもわかりすぎて、クレアにこれ以上の答えはできなかった。

けれど、リュイの様子からはこれまでの苦労が手に取るようにわかって、ついさっきまで恐ろしさと緊張で震えそうだったことを忘れそうになる。

「だから私は立太子の日が楽しみだよ。クレアを正式にお披露目すれば、もうこれ以上妙な手紙が届くことはないだろうからね」

「リュイ、この件については本当に悪い」

立場がなさそうに謝罪するヴィークをリュイはジロリと睨《にら》み、補助机の引き出しを開けて見せた。

そこには大量の手紙が入っている。

これまでの会話の内容から、その送り主が誰なのかは容易に想像できた。

ベアトリスは空気を読んでくれるタイプではないのだろう。

明らかに側近が代筆した返事に、また何通も手紙を書いてくるのだから。

基本的に女の子には特に優しいはずのリュイが、心底面倒くさそうに手紙の束を持ち上げた。

「これもこれもこれもこれも、同じ月に届いたもの。返事をしていないのに届くんだよ。さすがに皇女様に礼を欠くわけにはいかないから全部返事を書いてるんだけど、それは全部私の仕事になってる」

「リュイ……」

すっかり立場をなくして目を泳がせているヴィークに代わり、クレアはリュイから手紙を受け取った。

丁寧な字で書かれた宛名と、令嬢らしくかわいらしい挨拶文は、夢の中で見た彼女の様子とはかけ離れているように思える。

（このお手紙、私が見てもいいものなのかしら？）

いや間違いなく送り主であるベアトリスは嫌がるだろう。

そう思い、ちらりと見ただけで便箋を封筒に戻そうとしたクレアだったが、そこで不思議な模様に気がついた。

（これは何？）

手紙の結びの文、署名の横に、鷹《たか》を模した複雑な紋章のようなものが描かれている。

普通なら、ここは署名だけで終わるか皇女を示す紋章が押されるはずのところだった。

(皇女ベアトリス殿下の紋章にしては勇ましいわ……?)

目を留めて首をかしげるクレアだったが、一方でリュイのヴィークへの怒りは止まらないようだ。

主君と側近という関係を逸脱した二人の会話はまだ続いている。

「立太子の日以降もそれでもまだ手紙が来るようだったら、魔法を使うから」

「!? わかった、わかったから」

ヴィークもすっかりたじたじである。

リュイにとってベアトリス皇女との文通はそれほどまでに苦痛らしい。

冗談だとわかってはいるものの、リュイの目は一歩間違えば本気のように見えなくもない。クーデターの首謀者は側近であることが少なくないとか何とか。危険だ。

そう思ったら、こうするしかなかった。

「リ……リュイ。ベアトリス皇女への招待状は私が代筆するわ」

「助かる。ついでに署名をクレアにしておいてくれる?」

「さ、さすがにそれは」

「残念」

(リュイがちょっと本気だわ……)

クレアはとりあえず、ベアトリスにはなるべく関わらないようにすること、祖母が残した魔道具は絶対に手放さないようにすることを誓う。

けれど、話はまだこれで終わらなかった。

ヴィークが遠い目をして告げてくる。

「ベアトリス殿下について一通り知識を得たところで、クレアに伝えておきたいことがある。まぁ、そんな大したことではないんだが」

「？　何かしら」

「実は、ベアトリス殿下はパフィート国の王立学校に通っているんだ。王都ではなく、南方の王立学校に留学という形でな。俺への手紙も、そこから出してきている」

「えっ？」

どうやら、ベアトリス・バズレールは『遠く離れた国にいて、式典以外では永遠に会うことがない皇女様』というわけではないらしい。

驚いたクレアに、ヴィークはさらに驚きの事実を告げてくる。

「ベアトリス殿下は俺たちと同じ三年生だ。王立学校で卒業試験を受けることになる。おそらく、合同試験で会うことになるだろう。数週間を一緒に過ごすことになる」

「――――！」

「俺たちの加護なら問題なく禁呪を跳ね返せるし、接触は最低限にするつもりだったからクレアには言わなかったんだが。クレアが彼女の名前を知っていて関わることが心配なら、対策を立てたい」

魔道具の予知によると、恐らくクレアは卒業試験でベアトリスと出会うことになるのだろう。

夢の中で黒いもやに包まれたベアトリスの姿がはっきりと脳裏に思い浮かんで、不安が増していく。

(彼女の禁呪も心配だけれど……。夢で見た内容が再現されることが何よりも怖いわ)

ベアトリス・バズレールとはなるべく関わらないようにしようと思ったものの、どうやらそう簡単にはいかないようである。

第二〇章

数週間後。

秋はどんどん深まり、街路樹の葉は染まった。

石畳の道には落ち葉の絨毯ができ、いつのまにか肌寒い日が続くようになっている。

クレアが祖母の形見の魔道具を使って未来を見たのは、秋の初め頃だった。

それから、クレアはさまざまな不安を抱えつつも卒業試験の十分な準備を終えた。

いよいよ卒業試験が始まることになる。

ということで、クレアは学校の同級生たちと共に、王都から半日ほどで行ける街にある王立学校のセミナーハウスにやってきていた。

セミナーハウスといっても、殺風景な建物ではない。

古城を改装して学校の施設に整えられたそこは、別荘といえるほどに華やかだった。

白亜の宮殿と、それを取り囲む歴史を感じさせる石壁。

整えられた庭を秋に咲く品種のバラの花が美しく彩っていて、王都にある王城とは違いまるでおとぎ話の中から出てきたようにかわいらしい。

貴族令息・令嬢が休暇を楽しむのにふさわしい場所である。

（素敵なお城ね。リディア様が『一緒に旅行に行けてうれしい』と楽しみにしていたのも納得だわ）

皆も同じことを考えているようで、このセミナーハウスに到着してからずっと、周囲はざわざわとして賑やか。

見事に浮き足立っているのがわかる。

クレアもその雰囲気と趣のある城の造りを楽しみながら、初日の授業へと向かった。

初回のオリエンテーションが予定されている広い講堂の席に着き、周囲を見回していると、リュイが声をかけてくる。

「クレア。その制服よく似合ってるね」

「リュイ、ありがとう」

今日、クレアが着ているのは王立学校のいつもの制服ではない。

卒業試験のために用意された特別な制服だ。

（先生たちの話によると、この制服にはあらかじめ一定レベル以上の加護が備えつけられているということなのよね。一体いつ役に立つのかしら）

普段、加護はそれぞれに任されている。

クレアのように上位の色の魔力を持つ者は自分でかけるし、そうでない者は専属の魔術師に依頼したりする。

ヴィークの加護はリュイが管理していて、鉄壁。

場合によってはクレアがかけることもある。

ちなみに、とことん無頓着な人間は加護をかけなかったりするが、王立学校に通うような貴族子息にはそんな人間はまずいないはずだった。

だから、加護が備えつけられた制服などいらないはずなのだが、卒業試験を受けるにあたり、生徒全員にお守り程度の加護を与えるのが王立学校の伝統なのだろう。

(伝統だと思うと、気が引き締まる気がするわ)

加えて、制服のデザインがいつもと違うこともポイントだった。

白いブレザーの胸元には水色のサテン生地のリボンがあり、一部にそのリボンと同じ色が使われたスカートは、普段身につけているものよりも少しだけ丈が短くなっている。

(こういうデザインは『向こうの世界』で好まれるものよね)

冷静に分析してみたものの、少しだけソワソワした気持ちになってしまう。

それはクレアだけではないようだ。

貴族令嬢にとってはあまり身につけることがないデザインに、講堂に集まったほかの生徒たちからも心なしかふわふわとした気配を感じる。

リュイの背後から現れたヴィークが教えてくれる。

「この卒業試験に関わる合宿には、王都の王立学校だけではなく各地から人間が集まる。

身を守るほかに、限られた期間でも人脈を広げ、有用な研究成果を上げるためにこの制服が考えられたらしい。学校の垣根を乗り越えられるようにと」

「そうなのね。ノストン国の王立貴族学院では制服自体が存在しなかったけれど、パフィート国では制服も大きな意味を持つのね。面白いわ」

「面白いといえば、そこの二人だな？」

それは本当にそうだった。

ヴィークが悪戯《いたずら》っぽく視線を送った先には、普段学校に同行することはありえないリュイとドニがいる。

この卒業試験は数週間にわたって泊まり込みで行われるため、ヴィークには特別に護衛の同行が許されたのだ。

「この制服着るの、二回目だね～？　懐かしいなぁ。もう二度と卒業試験を受けるのは嫌だけど！」

「私はもう一回試験があってもいいな。次こそは首席をもらう。ドニも手加減なしだよ」

「リュイ、まだ言ってるの～？　僕が首席で卒業したのはまぐれだって。もう忘れなよ」

「無理」

そんな会話を交わすリュイとドニは、クレアたちと同じ白い制服を着ている。

護衛の二人が自然に馴染めるよう、リュイとドニにも卒業試験用の制服を身につけることが認められていた。

「二人ともよく似合っているわ。私たちと同じ生徒にしか見えない。王都以外の王立学校からいらした方々は、二人がヴィークの護衛だなんて見抜けないのではないかしら」

「でしょ？」

「だといいけど」

本心からそう伝えると、リュイとドニは得意げに笑ってみせた。

二人が王立学校の卒業試験を受けたのは二年前のことだ。

笑い合う姿からは、その頃のことが容易に想像できて、新鮮な気持ちになる。

そこまで考えたところで、クレアはふと周囲を見回す。

「あら？　キースは来られなかったの？」

「制服を着るのには年齢オーバーだからな。……というのは冗談で、俺たちが王宮を離れるタイミングで別の部署から助っ人を頼まれたんだ。確かに、一応は安全が保証されているはずの王立学校の合宿に護衛を三人も連れていくのはやりすぎだろう？　ちょうどいいから、期間限定でそっちに貸し出した」

「なるほど……」

「一緒にこっちに来たかったみたいで、ガッカリしていたな」

さらりとした言葉とは正反対に、気遣わしげなヴィークの表情には兄貴分を思う優しさが見て取れる。

しかし、普段はすっかり忘れているが、次期王太子の側近であるキース、リュイ、ドニは大国パフィートの中でも群を抜いて優秀な人間だ。

（スケジュールに空きがあるのなら、助っ人を頼む部署が出てくるのは当然のことよね）

ほんの少しだけ引っかかったものの、そう思い至ったクレアはすんなり納得した。

「じゃあ、次にキースに会うときにはたくさんのお土産話を聞かせてあげないとね」

「ああ」

微笑み合うクレアとヴィークを見守るのは、リュイとドニ、ディオン、リディアの四人。皆卒業試験用の白い制服を着て、ざわざわした講堂に馴染んでいる。

クレアは、その光景を見ながら考えを巡らす。

（私が着ているこの制服は、夢で皇女ベアトリス殿下がお召しになっていたものと同じなのよね。けれどここに彼女はいない。さっきから周囲を注意して見ているけれど、それらしき方は見当たらないわ）

皇女は留学生ということだった。もしかして卒業試験には参加しないということもあるのだろうか。

それならば今日ここで出会うことはないし、心配事は起こらないのかもしれない。

もしかして、自分があの夢を見たことで何か差異が生じて未来が変わった可能性があるのではないか。

期待まじりの希望的観測に、ほんの少しホッとしていると。

「――イーグニス皇国からまいりました、ベアトリスですわ」

「！」

（この声は……！）

聞いたことがある言葉と、鈴を転がすような声音だった。

優美で伸びやかな響きに、クレアはびくりと肩を震わせて振り向く。

そこには確かに見覚えのある令嬢がいた。

彼女は腰まである輝くようなブロンドを揺らし、優しげな深い藍色の瞳でじっとこちらを見つめている。

皇女というには少し庶民的な佇まいだが、優しげに微笑む姿は夢で見た彼女そのもの。

胸元のリボンを緩く結んだ制服の着こなしまで、夢と全く同じだ。

そうして、ふわりと微笑んだ。

「ベアトリス・バズレールと言います。ヴィーク殿下、お目にかかるのは殿下が洗礼式をお迎えになった後のパーティー以来ですね。お手紙でお勧めした本はお読みになりましたか？　私、殿下とずっとお話がしたくて」

（……）

彼女に会ってしまったら、どんな風に接したらいいのかずっと考えていた。

皇女に失礼があってはならないが、深く関わってしまって夢で見た未来の再現になることだけはどうしても避けなければいけない。

ということは、挨拶を交わす程度の関係がベストなのだろう。

しかし、いろいろと考えを巡らすクレアの心配をよそに、今目の前にいるベアトリスはクレアや側近のリュイたちには目もくれず、まっすぐヴィークだけに話しかけていた。

（私たちが視界に入っていないみたいだわ？）

多くの生徒にとってヴィークは気軽に話しかけていい相手ではない。

その証拠に、普段ヴィークを見慣れていない地方の王立学校から来ている三年生たちは、しっかりクレアたちのグループとは距離を取っている。

だからベアトリスがあまりにも親しげに話しかけているのを見て、クレアたちは少しだけぎょっとしてしまった。

しかしヴィークはヴィークで動じない。よそ行き用の人好きのする外面スマイルを浮かべて形式的かつ爽やかに応じる。

「ベアトリス殿下、久しぶりだな。我が国に留学したと聞いていたが、卒業試験までこちらで済ませるのか」

自分のペースに持ち込もうとしたのをしっかりと仕切られたベアトリスは、一瞬固まった後、また可憐な笑みを浮かべる。

「ええ。もしかしたらヴィーク殿下にお会いできるかもしれないと思いまして、来てしまいました。……それよりも、先日はお手紙をくださってありがとうございました。立太子の式典へのお誘い、とてもうれしかったですわ」

クレアの右後ろでリュイの舌打ちと同時に「あれは個人的なお誘いじゃない。招待」というぼそりとした呟きが聞こえた気がしたが、ベアトリスには全く聞こえていないようだった。

ベアトリスはやっとのことでヴィークに釘付《くぎづ》けだった視線を外し、クレアたちに向かって話しかけてくる。

「ごめんなさい、殿下とのお話が楽しくって、皆様への挨拶が遅くなってしまいました。私はイーグニス皇国の皇族に伝わる少し珍しい固有魔法を持っています。ですが王族や高位の貴族の皆様の加護をかいくぐることはできませんから、どうか怖がらないでくださいね？　数週間もここで一緒に過ごすのです。ぜひ仲良くしてくださいませ」

上気した頬で息を弾ませながら話しかけてくる姿がとてもかわいらしいが、『夢』で彼女を見たクレアとしては、手放しで受け入れることもできなかった。

当たり障りのない挨拶を返す。

「皇女・ベアトリス殿下。クレア・マルティーノと申します。私も留学生ですわ」

「まぁ。あなたも他国からいらっしゃっている方なのですね」

するとベアトリスはぱっと顔を輝かせた。

「はい、ノストン国からまいりました」

「留学生でヴィーク殿下の学友なんて、とても恵まれていらっしゃるのね。私は固有魔法のせいで王都の王立学校への入学は認められず……とても悲しかったのですわ」

明らかにしゅんとしてしまった彼女の姿に、クレアは目を瞬く。

（……これは）

大量の手紙が送りつけられたいたせいでヴィークとリュイはベアトリスが苦手らしいし、現に今ここで二人はそっけない対応をしている。

その話を聞いたときは別にベアトリスへ嫌悪感を抱くことはなかったのだが、あまりにも積極的に話しかけてくる姿にたじたじになってしまう。

「べ、ベアトリス殿下、限られた期間にはなりますがどうぞよろしくお願いいたします」

「もちろんですわ。素敵なお友達ができて、私、すごくうれしいです」

何とか動揺を悟られないように手を差し出すと、ベアトリスもニコニコと微笑んでクレアの手を握ってくれた。

(夢で見たことは気になるけれど、今のところは黒いもやは見当たらないわ。もしかしたら何かあるとしたらこの後なのかしら)

ベアトリスという人間はあまり摑めないながらも、少しだけ楽観的に考えてしまった、その瞬間。

ぱちり。

(あら?)

ほんのわずかな違和感。

手のひらに加護が働いた感覚があって、クレアは目を瞬いた。

(今のは……何?)

加護は身を守るための基礎的な魔法だ。

魔力を目覚めさせた人間なら誰でも使えるが、魔力の色や魔法への習熟度によってその精度は異なる。

例えば、マルティーノ公爵家で落ちこぼれ扱いだった頃のクレアが使えた加護には、まじない程度の効力しかなかった。

けれど今は、危険に接した瞬間に弾いてくれる。

その危険が小さければ加護は破られることがないが、大きくなると一回ごとにかけ直さなくてはならない。

今、加護は働いたものの、破られてかけ直すほどのものではなかったらしい。クレアの体を包む魔力の流れはすぐに元通りになった。

しかし、こんなことはめったにないのだ。

ちなみに、クレアは加護がかけられた卒業試験用の制服を身につけた上で、自分自身でも加護をかけている。

いわば二重に身を守っているような状態になる。

今働いたのは、わずかな危険にすら敏感に反応する、クレアが自分でかけている加護の方だった。

（パフィート国は治安がいいから加護が働くことはほとんどないのに。考えられるとしたら、ベアトリス殿下が私に魔法をかけようとした、だけれど……今、そんな素振りはあったかしら）

「クレア様？　どうかされましたか？」

目の前のベアトリスを見ていても、彼女は不思議そうに首をかしげるばかりだ。

むしろ、急に様子がおかしくなったクレアを心配してくれているようである。

「いいえ、何でもありませんわ。ご心配なく」

「クレア。後で話そう」

違和感にはリュイも気がついたようで、囁《ささや》くと共に意味深な視線を送ってくる。

（リュイがここで見逃すということは、危険ではないということね）

クレアが納得し頷いたところで、クレアとベアトリスの様子を見守っていたヴィークはおもむろに切り出した。

「ベアトリス殿下。この機会に紹介しておきたいんだが」

「？　はい」

きょとんと目を丸くしたベアトリスに、ヴィークは温度を感じさせない声色で告げた。

「先日送った立太子の式典への招待状を書いたのはこのクレアだ」

「？　と、仰いますと？」

意味がわからないという様子のベアトリスだったが、ヴィークは容赦がない。

「つまり、このクレア・マルティーノは俺の婚約者だ。立太子の式典で正式にお披露目する予定になっていて、準備も手伝ってくれている。招待状はクレアが管理していて、ベアトリス殿下宛のものも彼女が書いた」

（！）

まさかここで婚約者として紹介されるとは夢にも思わなかったクレアは固った。

先日、リュイからの「立太子の日以降もそれでもまだ手紙が来るようだったら、魔法を使うから」というお説教はしっかりと効力を発揮しているようだった。

一方のベアトリスも動揺を隠せない。

「……そ、そうだったのですね……私、ご婚約のことは知っていましたが、婚約者の方が王立学校の同級生だなんて知らなくて……。まさか、お手紙まで代筆されるほど執務を手伝っていらっしゃるとは」

何とかそこまで口にしたものの、その先は続かないようだ。

しかし、数秒間白い顔で視線をさまよわせた後で、ベアトリスは取り繕うようにすぐに穏やかな笑みを浮かべる。

「ご婚約おめでとうございます。ヴィーク殿下、クレア様。今回、クレア様から招待状をいただけてうれしかったですわ。お手紙に添えられたいつもよりも柔らかい文章に、心が少し凪《な》ぎましてよ」

「ありがとう」

「ベアトリス殿下、お祝いの言葉、感謝申し上げます」

ヴィークに続いて形式的なお礼を伝えると、ベアトリスの表情が歪んだように思えた。

けれどすぐにその表情は消え、彼女は踵《きびす》を返す。

「……では、まもなくオリエンテーションが始まりますので、私はここで失礼しますわ……」

心なしかおぼつかない足取りで離れていくベアトリスを、側近らしき数人の女子生徒が追いかけていく。

皆、髪を高い位置できっちり一つ結びにまとめ、揃《そろ》いのピンをつけていた。

きっと、王立学校でできた友人ではなく皇国から連れてきた者たちなのだろう。

ほんの少し、異様にも見えるその光景をクレアは見送る。

祖母の形見の魔道具を偶然初めて使った日以来、クレアは幾度となく夢の続きを見ようとした。

けれど、何度見ても見えるのは同じ未来。

はっきり聞こえない会話の内容はいつもそのままで、新たな手がかりを得られた試しがない。

(夢の中であの魔道具に触ってみようと思ったことは何度もある。でも、怖い)

それは、実際に向こうとこちらの世界を行き来したことがあるからこその感情だった。

(ベアトリス殿下はどんなものと関わりがあって、どんな未来に繋がっているのかしら)


オリエンテーションが終わるとランチタイムだった。

席は自然と決まった。

ヴィークとドニが隣同士に座り、その向かいにはリュイとディオン。クレアはリュイの隣に座り、正面にはリディアがいる。

いつも以上に賑やかな時間だ。

「クレア、ランチメニュー何にする？　ここのローストビーフがおいしいんだよ」

「それなら食べてみたいわ。でも、リュイと一緒に制服を着てランチをとるなんて不思議な気分ね」

「確かにそうだな。制服姿のリュイとドニを見ていると、改めて二人が年上だったことを思い出させられるな。普段はあんなに生意気なのに」

「ヴィーク殿下、リュイ様に失礼ですわ？　少なくとも、女子生徒には殿下よりもリュイ様の方が人気がありましてよ」

「リディア……」

「わー。ヴィークの周りの女の子は皆強いよね。……あれ、ディオンもう買ってきたの？　ていうかそのデザートのガトーショコラでっか～！　食べきれんの、それ？」

「うん。多分大丈夫だよ。まだおかわりもできる」

わいわいと賑やかに会話を交わしながら、カフェテリア形式の食堂で各々好きなメニューを選び、席に着く。

ヴィークがいることもあって、周辺のテーブルはがら空きだ。

皆、王子殿下に気を遣っているのだろう。王都の王立学校でもよく見られる光景だった。

席に座ってわいわいと会話を楽しんでいると、リュイが思い出したように小声で話しかけてくる。

「クレア、さっきの講堂でのことなんだけど。ベアトリス殿下と握手をしたときの話」

「相談しようと思っていたの！　やっぱりリュイも違和感を？」

「うん。ベアトリス殿下の手のひらにほんの少しだけ魔力が滲《にじ》んで見えて、一方でクレアの加護には一瞬だけ揺らぎが見えた気がした。クレアの加護が破られるはずがないし、わずかな揺らぎで問題にしたら面倒なことになるから、見守るだけにしたけど」

「リュイが『大丈夫』と言ってくれたのはそのことだったのね。でも、万一何かを仕掛けられたとしても加護が破られなければ問題ないのよね？」

自分を安心させる意味も込めて笑えば、リュイは微妙そうな顔をした。

「それが、さっきはそう言ったんだけど、ほかにも気になることがある」

「気になること……？」

「クレア、魔法の訓練をすると魔力の流れが見えやすくなることは知っているよね」

「ええ。私にはまだ感じることぐらいしかできないけれど……リュイぐらいになると、はっきり流れが見えるのよね？」

問いかけると、リュイはまっすぐにクレアを見据えた後、少しの間をおいて頷いた。

「そう。……でも、ベアトリス殿下にはそれが見えない」

「……えっ」

「制服に備えつけられているはずの微弱な加護すら見えなかった、恐らく、わざと外しているんだと思うな。ベアトリス殿下が連れている友人たちも同じで、見えない」

思わず黙ってしまったクレアにリュイは続けた。

「彼女の体の表面には何の魔力も見えない。制服に備えつけられた加護が自分の魔力と相性が悪いから解くことはあるとは思う。でも、本来は魔術師レベルの加護で守られることが多い皇女様が加護をかけていないのはおかしい。何か裏がある気がする」

「つまり、ベアトリス殿下は何らかの事情であえて加護をかけていない可能性があるということよね？　わざわざ加護を外した制服まで準備して」

「そう。イーグニス皇国の皇族にだけ稀に現れる固有魔法は『人との入れ替わり』だよね。噂でしか聞いたことがないけれど、誰かと入れ替わってから自分の体に戻ってすぐは魔力が濁って加護がかけられないんじゃなかったかな」

食事の手を止めたクレアは、リュイが言っていることを何とか頭の中で整理する。

さっき講堂で挨拶をしたときの、ベアトリスの笑顔が思い浮かんで緊張感が走った。

「つまり、ベアトリス殿下が頻繁に禁呪を使っているということ？　そんなまさか。だって、さっきお話ししたときには加護をかいくぐれないから安心してって」

「あれは皇女がヴィークに向けて言った言葉だよ。彼女より下位の色の魔力の持ち主についてはそうじゃないし、周囲を油断させる意味もあると思う。ただ、もし頻繁に入れ替わりをしているとしても、自分の意思でない可能性はある。……例えば、誰かに操られているとかね」

リュイが一際声を抑えて発言したところで、ヴィークから咎めるような声が飛んでくる。

「……ずいぶん物騒な話だな。リュイ、時と場所を考えろ」

「お言葉ですが、殿下。私とドニはヴィークを守るためにここに来ているんだよ。必要だと思えばこんな場所でも感じた危険について話すし、主人にも共有する」

「だが」

「はいは～い。皇女様は要警戒ってことだね？　ＯＫ、じゃ～ランチに戻ろっか。冷めちゃうよ？　……って噂をすればその皇女様だよ？」

ドニが場をとりなすように明るく声を上げ、がたんと立ち上がって向こうへひらひらと手を振る。

その視線の先にはベアトリスがいた。話題の張本人が来てしまったとなると、この話はおしまいだった。

けれど、少し離れた場所にいるベアトリスはドニが手を振っているのに気がついていない。食事を終えて、ただ友人たちを引き連れて大移動して行くところのようだった。

その姿に、ドニは感心したように続ける。

「すっごい。さっすが皇女様って感じ～？　あの取り巻き一体何人いるんだろう。しかも皆同じ格好をしてるよね？　制服が同じなのは当たり前だけど、あの髪型までお揃いだなんてすごすぎない？」

「皇国から連れてきた護衛たちだろうね。市井暮らしをしていたところを無理に引き上げてまでして皇宮に招き入れた皇女様だ。ものすごく大事にされてそう」

「あーたしかに。さっき挨拶したときの愛されオーラとかすごかったもん。それをヴィークはサラッとあしらうからびっくりしたよ～？」

冷静に分析するリュイとはしゃぐドニの会話を聞きながら、クレアは考える。

（さっき、リュイが言っていたことが気になるわ。『ベアトリス殿下が誰かと頻繁に入れ替わりをしている』が本当で、もしそれが自分の意思でなかったなら……後ろには皇国がいるということになる）

もし、入れ替わりの魔法が『授業をサボるため』など学生らしいくだらないことに使われているのなら、まだ悪くはない。

しかし実際はそうではないのだろう。そうなると、ただ単なる皇女様のお遊びではなくなるのだ。

（握手をした瞬間に一瞬だけ違和感があったのは、一体何を察知したのかしら。私の加護はリュイが教えてくれた高精度な魔法だもの。誤作動なんてしないはず）

脳裏に、夢で黒いもやに包まれていたベアトリスの姿が蘇《よみがえ》る。

あの黒いもやは何だったのか。そして、初対面の場面でそのもやが見えなかったのはなぜなのか。

クレアはちらりとヴィークたちを見る。

皆、さっきまでの物騒な話題を忘れ、すっかり楽しげな表情に戻っている。けれど、クレアはそういうわけにはいかなかった。

(未来を『夢』で見た話……はっきりとした確信が持てなくて、ヴィークたちには話さないできたけれど、機会を見て相談するべきなのかもしれない)

卒業試験の日程は大きく二つの課程に分けられている。

一つは卒業レポートの作成・提出。これは試験期間の前半二週間を使って行われ、大きなウエイトを占めるものとなる。

今年は事前に『魔導具』が課題として挙げられたものだったから、生徒たちの間ではこぞって珍しい魔道具の取り寄せが行われた。

もう一つは、卒業レポートの提出から三日間の休暇を挟んで行われる、学科試験。

この二つの成績を総合的に判断し、合否が決まるのだ。

厳しく判断されると有名な試験だけあり、誰一人として手を抜くものはいない。

ところで、レポート作成期間中、基本的にどう過ごすかはそれぞれの判断に委ねられている。

合同授業だけは必ず受講する必要があるが、そのほかの時間はレポートの個別指導を受けたり、図書館で資料を集めたり、好きに過ごすことができるのだ。

ランチタイムを終えたクレアは、ヴィークたちと別行動で別棟にある図書館へと向かっていた。

クレアの護衛役として王立学校に復学したディオンだけは、クレアと共に同行してくれている。

「ヴィーク殿下は卒業レポートのことで先生のところへ行ったんだっけ?」

「ええ。私はもう魔道具に合わせて資料を集めてあるから、先に図書館の方を見ておこうと思って」

「クレアならそうすると思って僕も準備しておいてよかった。ヴィークにできるだけクレアから目を離さないでって言われてるからさ。心配性だよね」

そんな話をしながら周囲を見回す。

古城を利用したこのセミナーハウスはとんでもない広さなのだ。

メインとなる城部分のほかに周辺には研究棟や宿泊棟などが配置されていて、敷地内には湖と接する公園や広い芝生、小高い丘などもある。まさに生徒たちが数週間を過ごす施設としてうってつけだった。

少し歩いたところで、ディオンは何かを思い出したのか真剣な顔をした。

「そういえば、ベアトリス殿下が持つ『禁呪』は警戒されているけど、クレアにも禁呪級の固有魔法があるよね。僕が持っている『魔力の共有』以上に強力なものが」

「……ええ、一応ね」

それは、クレアがやり直しを選択したときに使った『時を戻す魔法』のことを指していた。

以前、自分が二度目の人生を送っていると話したとき、クレアは便宜上時を戻すと説明したが、実際には違う。

（……実際にはセーブデータを読み込んだだけだし、もう二度と使うことはないから禁呪とまでは呼べない気がするのだけれど）

ディオンにも一度目の記憶はあるが、さすがにここが乙女ゲームの世界だとは知らないのだ。

はっきりとは答えられないクレアに、ディオンは無邪気に聞いてくる。

「クレア、おばあ様の形見の魔道具を大切に持ち歩いてるよね。卒業試験のレポートにはアスベルト殿下の金ピカ豪華クローゼットにするって言ってたけど、何で？　おばあ様の形見の魔道具の方が面白そうなのに」

「……それがね」

それは「魔道具の効果が桁違いすぎて洒落《しゃれ》にならないからだ」、と答えようとしたところで、廊下の先、人けのない回廊に人影が見えた。

華奢《きゃしゃ》な背格好に、風にふわりとなびく柔らかなブロンドヘアが目を惹《ひ》く。

（あれは？）

思わず柱の陰に隠れてしまったクレアは、人影をそうっと覗《のぞ》き込む。

（あっ。隠れるようなところではないのだけれど、ベアトリス殿下を警戒していたせいでつい……）

クレアを真似し、同じように隠れたディオンが声を落とす。

「ベアトリス殿下だね」

「ええ。さっきは皆様と一緒に歩いていたのに……」

今、ベアトリスは皇国から連れてきたと思われる一人の女子生徒と二人きりだった。

出会ったときの講堂での様子やカフェテリアでのやり取りを思い出すと、ベアトリスはいつも多くの友人と一緒に行動していた。

そのベアトリスが少人数で行動するのは珍しいことのように思えて、何となく目が離せない。

（どうされたのかしら）

しんとした廊下でのことだ。一度隠れてしまうと出て行きづらくなる。

声をかけることも何となく憚られて見つめていると、ベアトリスと友人のほかにもう一人現れた。

白髪にメガネのベテランの先生である。

「あれは……たしかオリエンテーションで紹介を受けた数学担当のレスリー先生だったかしら。普段は南の王立学校で教えていらっしゃるという」

「本当だ。そういえば、卒業試験の課題って魔道具に関するレポート＋αのはずなのに、どうして数学の先生も来てるんだろうね？」

「王都の王立学校からも一般教養科目の先生がいらっしゃっているみたいよ。魔法関連の先生だけでは足りないし、国にサポートを頼むにしても王宮の警備が手薄になるからって。きっとあのレスリー先生もそういう担当だと思うのだけれど」

「そっか。サポートとか引率なら魔法が得意じゃない先生でも問題ないもんね」

「ええ」

ディオンの言葉に頷いてもう一度ベアトリスに視線を戻すと、二人の距離がいやに近いのに気がついた。

もちろん、レスリー先生の方が他国の皇女に対して必要以上に近づくことはない。

どちらかというとベアトリスが一方的に距離を縮めているような雰囲気だ。

貴族令嬢が異性の手に直接触れることはマナー違反だ。

けれど、ベアトリスは全く気にする様子はなく、手を伸ばす。

「なんか変な雰囲気じゃない？　ベアトリス殿下がマナー違反な振る舞いをしているのに、お友達は止めずにぼうっと見てるだけだし」

「そうね。どうしたのかしら」

見守っているクレアたちの視線の先、ベアトリスはレスリー先生の手を握った。

その瞬間、繋がれた手から鈍い光がふわりと湧き上がる。

（……えっ？）

さっきは深い藍色に見えたはずのベアトリスの目が、爛々《らんらん》と赤く輝いているのが少し離れた場所からでもわかる。

屋外の廊下が面している中庭の芝生は風で波立ち、同時にクレアたちのところまで魔力の気配が伝わってきた。

前髪が魔力で起きた風でそよぐ。

――もしかしてこれは。

見覚えのある光景と肌に伝わる感触に緊張が走る。

「クレア、もしかして僕が『魔力の共有』を使うときってこんな感じ？」

「……」

目の前の光景が信じられなかった。

ディオンの問いにも答えられず、固まっているうちに魔法が発動していく。

（……って驚いている場合じゃない。やはりこれは禁呪だわ！）

ヴィークがいるこのセミナーハウスでベアトリスが禁呪を使ったなどと言ったら、国家間の摩擦を生みかねない大きな騒ぎになるだろう。

何としてでも防ぐ必要がある。

クレアは声を張り上げた。

「ベアトリス殿下！」

「ク、クレア様……!?」

クレアの声に、ベアトリスは顔を青くしてレスリー先生の手を離した。

解放されたレスリー先生はぶるぶると震え、後ずさって壁にぶつかっている。

すかさず、ベアトリスと一緒にいた女子生徒が先生の体を支えてハンカチを差し出すのが見えた。

そのハンカチを先生の手が受け取ることはなく、女子生徒によって慣れた様子で口元に押しつけられる。

その動きが不自然に思えて、クレアは慌てて駆け寄った。

「今何をされていたのでしょうか？」

「な、何にもしていませんわ」

ベアトリスの答えに、クレアはレスリー先生の方をチラリと見た。

つい数秒前まで壁にぶつかって震えていたはずなのに、目がトロンとしている。

(レスリー先生の様子が変だわ……？　まるで眠ってしまう寸前みたい)

しかし、このままレスリー先生が何も答えないとなると、クレアはただ会話の邪魔をしただけになってしまう。

いきなり割り込んで怪しいのはむしろこちらだった。

相手はパフィート国と対等な力関係にある皇国の皇女だ。

礼を欠くことがあってはならない。

ということで、クレアは瞬時に違和感のない話題に切り替える。

「この先にある図書館にご用ですか？　もしよろしければご一緒させていただけないでしょうか。案内図を見てもよくわからなくて。ここでお会いできてよかったですわ」

「あの……私もここは初めて来る場所でして、お役には立てないですわ。ごめんなさい」

クレアに話しかけられたベアトリスは目を泳がせ、言葉少なだ。

無理にでも会話を終わらせて、早くこの場を立ち去ろうとしているのが伝わってくる。

けれど、禁呪を使いそうな瞬間を見てしまったのだからそういうわけにはいかない。

遠回りをして失礼がないようにしつつ、事情を聞きたかった。

「そうでしたか。もしかしてそれでレスリー先生に案内を？」

「ええ、その、そのようなものですわ」

ベアトリスがしどろもどろになって答えたところで、レスリー先生は虚《うつ》ろな瞳をこちらに向ける。

クレアが先生にも事情を聞こうと思ったところで、先生は虚ろな目をしたまま「わ……私はこれで」と手を上げ、よろよろと去っていく。

「レスリー先生……⁉」

呼びかけたのに、先生は反応すらしてくれない。

まるで、今しがた起きた出来事をすっかり忘れてしまったかのようだ。これでは禁呪のことを問いただすことはできない。

（もしかして、今、入れ替わりの禁呪が使われそうになったのは気のせいだというの……？）

しかし、さすがに直接そのまま聞くわけにもいかない。

四人が残された回廊には微妙な間が流れ、ベアトリスも決まりが悪そうに視線を巡らせている。

逃げ出さないのは、クレアがヴィークの婚約者だと知っていて邪険に扱えないからなのだろう。

そんな中、ディオンが空気を読まずに口を開いた。

「……僕たち、もしかしてお邪魔だったでしょうか？」

(ディオン⁉)

まさかの問いにクレアはぎょっとしたが、焦っている様子のベアトリスはディオンの質問を不敬だと切り捨てる余裕がないようだった。

「お邪魔って……いえ、私とレスリー先生は特別な関係などでは、」

講堂で会ったときのような可憐な笑顔で取り繕おうとしたベアトリスに、ディオンはニコニコしたまま鋭く告げる。

「いいえ。僕が聞いたのは、禁呪のお邪魔だったでしょうかという意味です」

「⁉」

(ディオン⁉)

クレアは二度目の声にならない悲鳴を上げたが、ディオンには届かない。彼は上機嫌に微笑んですらすらと続ける。

「人けのない場所、対象と二人きり。これはもうもらった、と思うのは無理もないことですよね。僕にも覚えがあります」

「な、何をおっしゃるのでしょうか⁉　……私がこんなところで禁呪を使うわけがないですわ？　だってここは学校のセミナーハウスですし、何よりもここで禁呪を使ったら外交への影響が」

言葉とは裏腹に、ベアトリスの表情からはさっきまでの無垢《むく》な笑みは消えていた。

そこへ、ディオンはあらためて恭しく礼をする。

「自己紹介が遅くなって申し訳ありません。僕はディオン・ミノーグといいます。かつて、パフィート国で『禁呪とされる魔法』を有した家の末裔《まつえい》です」

「パフィート国の禁呪……？」

「ええ。皇国と同じようにパフィート国にも禁呪を持つ一族があるんですよ。その禁呪を発動させるときに似た気配を感じたので、お声がけしたんです。ね、クレア？」

ディオンの言葉に、ただ泳ぐばかりだったベアトリスの視線はさらに行き場を失い、顔色もすっかり青ざめてしまった。

それが何よりの答えで、クレアは目の前の皇女をまっすぐに見つめる。

「ベアトリス殿下。私は彼――ディオン・ミノーグが禁呪を発動させるところを間近で見たことがあります。……僭越《せんえつ》ながら、先ほどレスリー先生の手を取った殿下のご様子に似たものを感じ、声をかけさせていただきました」

「なっ、何を言っているのかわかりませんわ……。だって、私は上位の色の魔力を持っていないのです。王立学校の先生といえば、魔法に長《た》けた方ばかりで私が禁呪を使っても効くはずがないのですわ。ねえ、そうでしょう？」

「ですが、レスリー先生は数学の先生ですわ。ほかの先生ほど加護に長けてはいないはずです」

　クレアがそう告げると、ベアトリスはしまったというように息を呑《の》む。

　しかし、それから数秒の間の後で涙を浮かべ唇を噛《か》んだ。

「本当に、私には何のことだか……。でも、クレア様がそんな風に追及したくなるのもわからなくはないのですわ。皇国では『シンデレラストーリーの主人公の皇女様』だなんて言われているけれど、私にはそんな大きい力はないんです。ただ、皇族に出現する固有魔法が目覚めて皇宮入りしただけのちっぽけな人間ですから」

「⁉　ベアトリス殿下、そんな」

　話をそらすのが目的だとはわかっている。

　けれど、あまりにも自分を卑下する言葉にクレアが何も答えられずにいると、ディオンが温度のない笑みを浮かべた。

「嫌だなぁ。そんな答え方をしたら、まるで僕の主のクレア様が殿下をいじめているみたいじゃないですか」

「⁉　ディオン、もうこれ以上は」

　ディオンの手伝いたいという気持ちはありがたいが、クレアだっていろんな意味でベアトリスと揉《も》めたくはない。

しかし慌てて止めたがもう遅かった。

「わ、私、そんな……。失礼いたしますわ」

「ベアトリス殿下⁉　申し訳——、」

ディオンの発言をチャンスと受け取ったのか、ベアトリスはクレアの謝罪を皆まで聞かずに俯《うつむ》くと、女子生徒を連れて顔を覆い走り去ってしまった。

(行ってしまったわ……禁呪が発動する気配を察知しただけだから、この場でお話を聞けなくてはこれ以上の追及が難しくなってしまう)

それでなくとも、大国パフィートと同等クラスの皇国の皇女様となるとそう簡単に手出しはできないのだ。

ため息をついて見送ったところで、靴のつま先に何かが当たった。

見ると、緑色をした尖《とが》った蓋の小瓶が落ちている。

「こ、これは……?」

相当急いで走ったのだろう。

二人は小瓶を落としたことに気がつかなかったようである。

小瓶を拾ったクレアは呟く。

「ベアトリス殿下が本当に『入れ替わりの禁呪』を使おうとしていたとして、一体レスリー先生と入れ替わって何がしたいのかしら」

「卒業試験の問題を盗みたい、とか成績を書き換えたい、とかくだらないことだといいんだけどね？　昔、実家の駒だった僕からすると、なーんか嫌な感じがするなぁ」

「そうね……同感だわ」

そうして、小瓶を陽《ひ》の光に透かしてみる。

中にはわずかに液体が残っているようだった。

（ここはパフィート国で、しかもベアトリス殿下は留学生よ。他国の人間に禁呪を仕掛けることで、皇国の立場が危うくなることは十分にわかっているはずだわ。それを、こんなに堂々と）

確かに、さっきベアトリスが禁呪を発動させようとしたとき、そこまで大きな魔力を感じなかったのは事実だ。

その理由は、ベアトリスが持つ魔力の色がごく一般的なものだからだろう。

クレアが感知できたのはディオンの禁呪を見たことがあり違和感があったからで、そうでなければ見逃していた可能性もある。

そこをついて禁呪を使っているとすれば、レスリー先生以外にも入れ替わりを疑われる相手がいるのではないだろうか。

（でも、他人と入れ替わることができる魔法を侮ってはいけないわ。使い方によっては、人間関係を壊したり国家機密を握ることだってできるんだもの。たとえ弱い魔力だったとしても、相手によっては絶大な効果を発揮する禁呪だわ）

考え込んでいると、ディオンが聞いてくる。

「クレア、その小瓶の中身何だろうね？」

「……レスリー先生の様子から推測すると、意識を錯乱させる薬ではないかしら」

「加護が強すぎるクレアには効かないやつだね」

ディオンがニコニコ笑いながら回廊を進んでいく。

クレアは小瓶をハンカチに包み、ため息をついてその後に続いたのだった。


ベアトリスの禁呪の件を後でヴィークに報告することに決めたクレアは、とりあえず別棟にたどり着いていた。

ベアトリスのことは気になるが、今は卒業試験のための合宿中なのだ。一日が終わった後でなくては込みいった話はできない。

（一度、頭を切り替えなきゃ。ベアトリス殿下のことも気になるけれど、まずは卒業試験に合格しないといけないんだもの）

目的である図書館へ向かいながら、ディオンが思い出したように聞いてくる。

「そうだ、どうしてクレアはさっきのカフェテリアでヴィーク殿下の隣に座らなかったの？」

「！　えっ？」

「もしかして、ベアトリス殿下のことを気にしたの？　それで離れた場所に座った？」

先ほどのランチの時間のことを指しているようだったが、咄嗟《とっさ》には何のことかわからなくて、クレアは首をかしげた。

（ディオンには私とヴィークがぎくしゃくして見えたっていうことよね？）

確かに、ランチの時間はあえて隣に座らなかった自覚はある。

けれどそれはここがセミナーハウスでしかも卒業試験の真っ最中だからだ。そして、ヴィークにはリュイとドニが護衛のためについてきている。

経緯を踏まえ、三人とは節度を持って接するべきだと思ったからで、そんなに特別なことではない。

けれど、ディオンからそう見えるというのなら、気にならなくはなかった。

クレアは遠慮がちに聞いてみる。

「……そんな風に見えた？」

「うん。クレアたちには聞こえなかったかもしれないけど、ほかの女子生徒も気にしてたよ。喧嘩《けんか》でもしたのかなって」

「⁉　ち、違うのだけれど⁉」

しかし、何か特別な理由があってランチのときに離れた場所に座ったのだと勝手に確信しているらしいディオンはクレアの否定を聞き流してほわわんと続ける。

「ベアトリス殿下を先回りして牽制《けんせい》したヴィーク殿下はさすがだと思ったけどなぁ。挨拶と同時にクレアが一番大事だって示すなんて、なんかかっこいいよね」

（なるほど。ディオンは私がベアトリス殿下に配慮してヴィークとぎくしゃくしていると思っているのね。ベアトリス殿下がヴィークを慕っているのは見ればわかるもの）

「かっこいい……ええ、本当にその通りだとは思うのだけれど」

だが別に隣に座らなかったのに特別な理由はない、と続けようとしたところでディオンはうんうんと頷きつつ言葉を挟む。

「きちんと話し合えばわかると思うけどな。ベアトリス殿下の前でいきなり婚約者として紹介されたことが引っかかってるんだよね？　大丈夫、ヴィーク殿下だって一国の王子様で切れ者だって有名なんだよ」

「ええそうね……でも、ヴィークは」

今度こそ、別に隣に座らなかったのに特別な理由はない、と続けようとしたところでディオンがまたすかさず続ける。

「喧嘩したって大丈夫。少し前も、ヴィーク殿下はノストン国から魔道具を運んでくれたオスカー様と会うためにわざわざクレアのところを訪れてくれたし。リュイはちょっと怒ってたけど」

「ディオン？　少し勘違いしているみたいだけれど、私は」

「あ、図書館に着いたね」

別に喧嘩はしていない、と続けようとしたところで目的の図書館に到着してしまった。

途端に、これまでの会話が吹き飛ぶような光景に目を奪われる。

白い壁に大理石の床、高い天井。

受付の先に見えるスペースにはいくつもの椅子が置かれていて、上から光が差し込んでいた。見ると天井が窓ガラスになっている。

頭上に広がる青空はまるで屋外にいるかのようで、クレアはさっきまでの誤解だらけの会話のことも忘れて天井を見上げ声を弾ませた。

「ここだけ別世界にいるみたいだわ！」

「本当だね。こんなに綺麗《きれい》な図書館、初めてかも」

「ええ、私も……」

そこまで答えたところで、ある映像がクレアの脳裏にフラッシュバックした。

『クレア嬢、あったよ。この資料だよね？』

『ジルベール　タマニハ　ヤクニタツ』

『馬鹿にしないでほしいな。私だって高等教育はきちんと受けているんだ。調べ物ぐらいできる』

『リュイニ　イイトコロ　ミセタイカラ　ガンバッテル　ナケル、ドウセフラレルノニ』

◇

（――あれ。この会話は……）

それが、以前祖母の形見の魔道具を使って見た夢だと気がつくまでに、数秒もかからなかった。

白い壁に白い本棚、大理石の床、眩しいほどに青空をそのまま映したドーム型のガラスの天井。真ん中に鎮座する椅子に降り注ぐ太陽。

（この図書館は、あの夢の中のものと同じだわ……！）

確かにここは祖母の形見の魔道具を使った夢で見た図書館に違いない。

ベアトリスとの出会いに続いて、夢で見たのと同じ場所に来てしまったことに緊張が走る。

あの夢はやはりこれから起こることを暗示しているようだ。

（でも、夢の中の私はここでルピティ王国のジルベール殿下とプウチャンに会ったわ。けれど、ここは王立学校のセミナーハウスで、卒業試験の真っ最中。ジルベール殿下がここにいるはずがない）

何とか持ち直そうとしたところで、受付の女性が慌てて走り寄ってくる。

「申し訳ございません。今日は図書館をお使いいただけないんです。先においでになっている利用者の方が貸し切られていまして」

「貸切り？」

「はい。どうしてもということで」

図書館の貸切など聞いたことがない。

一体誰が、何のために？

「人に知られたくないことでも調べてるのかな。広い図書館を貸し切るほどに」

「毎年卒業試験がここで行われているのなら、きっとこの図書館には卒業試験に適した資料が揃っているはずよ。もしかして、試験問題を作っている先生かもしれないわ」

頷き合うクレアとディオンに、受付の女性が心底申し訳なさそうに教えてくれる。

「いえ、そのような理由ではなさそうでしたが……」

「え？」

つい首をかしげたところで。

「――クレア嬢!?」

大理石の床に響き渡る大声に、クレアは目を瞬いた。

声がした方を見ると、図書館の奥、大階段を下りてくる白いフクロウを連れた銀髪の青年がいる。

間違いなく見覚えがある、隣国の友人だった。

「ジ、ジルベール殿下……!?」

どうしてこんなところに彼がいるのか。

クレアの疑問は置いてきぼりにして、プウチャンを肩に乗せ白いスーツに身を包んだジルベールはたったか駆け寄ってくる。

「わあ。会えるとは思っていたけど、実際に会うとやっぱりうれしいな。卒業試験の合宿は順調? ヴィーク殿下やディオンも元気かな? それでリュイ嬢は?」

「…………」

「ルピティ王国には学校というシステムがあまり普及していなくてね。高等教育さえ充実していれば、貴族は今のままでもいいのかもしれない。でも、無事に国が存続することになったし、皆が通える学校を作ろうと思ったんだ。それで、王立学校の卒業試験を見に来たんだ。せっかくだし、図書館を貸し切ってみた」

「……ジルベール殿下が、王立学校の卒業試験を見に？」

我に返ったクレアがやっとのことで問いを返すと、ジルベールはにっこり微笑んだ。

「ああ。それで、リュイ嬢はどこに?」

「…………」

ジルベールの爽やかな笑みを前に、どんな顔をしたらいいのかわからない。

ただ一つわかっていることは、リュイはジルベールに会ったらとんでもなく不機嫌になりそうだということだけである。

■皇女ベアトリス・1

セミナーハウスの研究棟、磨き上げられた硬質な床にコツコツという二人分の靴の音が響く。

一つはベアトリスのもの。もう一つは一緒にレスリー先生の話を聞いていた女子生徒のものだ。

(……はぁ、はぁ。誰かいないのかしら!? 誰か!)

レスリー先生に特別な魔法をかけようとしていたところをクレアに見つかり、理由をつけて逃げ出してきたベアトリスは、いつも一緒に行動している友人たちを探していた。

（クレア様にレスリー先生とお話ししているところを見られてしまったわ。しかも、禁呪を使おうとしたことまで見抜かれるなんて……！　うまくごまかせたかしら）

もう少しで研究棟の長い廊下が終わり、講堂やカフェテリアがある古城に入る。

そこへ行けば、皇国から連れてきた友人がたくさんいるだろう。

彼女たちは仲良しの友人ではないが、ベアトリスに与えられた任務をよく理解している。いつだって体を貸してくれるはずだった。

（レスリー先生との入れ替わりはまたタイミングを見ていつだってできるわ。問題はクレア様よ。さっきはうまくごまかせていたとしても、クレア様と禁呪を使うという男子生徒の動向が気になるわ。様子を探りたい）

クレアには「禁呪など使うはずがない」と繰り返したものの、実際のところベアトリスは禁呪をものすごく使い慣れていた。

皇国にはベアトリスのために自分の体を差し出す人間が腐るほどいる。

皇族だけにしか出現せず、しかも滅多に現れない禁呪を扱う皇女のためならたとえ死んでも惜しくないと思う人間が多いし、それがベアトリスの兄にあたる皇太子たっての希望ならなおさらだった。

二年前、一五歳になったある日のこと。

市井育ちだったものの一応は皇帝陛下の血を引いているベアトリスのところに、皇宮から人が派遣されてきた。

念のため、洗礼を受けさせるのが目的である。

皇族の血を引きながらも市井育ちのベアトリスにとって、その洗礼は人生を左右する賭けのようなものだった。

そして、ベアトリスは賭けに勝った。

禁呪の使い手だということが発覚した瞬間に人生は変わったのだ。

ベアトリスのところには皇宮から迎えが来て、天蓋付きの大きなベッドがある部屋が与えられた。

いつも着ていた古着はベアトリスのために仕立てられたドレスに変わり、野菜の皮で作られたスープの中に浮かぶわずかな干し肉がごちそうではなくなった。

おいしい食べ物も豊かな生活も憧れの人に近づくことも、これまで夢として思い描いたことが全て実現し、何でも手に入るようになった。

田舎町《いなかまち》の片隅で母親の手伝いをしながら暮らしていた貧しい平民の少女は、文字通りお姫様になったのだ。

皇宮入りを誰よりも喜んでくれたのが病気がちな母親だった。

ベアトリスを身ごもっているとわかった瞬間に皇宮から追い出され、それでも皇帝陛下から心を離せなかった母は、未だにベアトリスを皇帝陛下との唯一の繫がりとして縋《すが》り夢を見ている。

ただ、ベアトリスを多くの人が祝福してくれる一方で、あまりいい顔をしない人たちもいた。

その最たる例が兄にあたる皇太子・マクシムである。

マクシムは突然皇宮入りを果たしたベアトリスを、わかりやすくよそ者として遠ざけようとした。

一方のベアトリスは、異母兄の気持ちを理解しつつも傷つくばかりの毎日。

そんな二人を結びつけたのがとある任務だった。

その任務がうまくいくと皇太子はベアトリスにキツくあたらないし、何よりも皇宮に居場所を感じることができる。

皇宮の中で自分の存在感が増していくことは、きっと母親の夢を叶《かな》えることにも繫がっているのだとベアトリスは信じている。

（お母さんをがっかりさせたくない。私はそのために禁呪を使うのよ。今すぐには難しいかもしれないけど、私が皇宮で地位を得て、皇帝陛下――お父様に認められてお母さんに

もう一度お姫様みたいな暮らしをさせてあげられたら。そうしたら、お母さんの体も良くなるかもしれない）

そんな思いに、早足が加速する。

「あ」

廊下の端に、皇国から連れてきた一人の友人を見つけた。

黒髪を一つに結い上げた彼女の名前はネリ。

彼女は子爵家の令嬢で、ベアトリスの兄にあたる皇太子の友人の妹である。ベアトリスたちに特に忠実で信頼がおける人間の一人だ。

さっきクレアたちに見つかってもいないから、今彼女と入れ替わったとしても中身がベアトリスだとはわかりっこない。適任だ。

ベアトリスは走ったせいで乱れた呼吸を整え、声をかけた。

「ネリさん。力を貸してほしいの」

「？　今すぐにでしょうか。……かしこまりました、私でよろしければ」

ネリはほんの少し動揺を見せたものの、いつも通りすんなりと頷いてくれる。

彼女が着ている制服は、今ベアトリスが着ているもの同様に、加護が備わっていない。

しかし、その違いを見抜くことができる人間などほとんどいないだろう。

今日、ベアトリスは王立学校の魔法担当の先生に挨拶をした。

けれど、制服から加護が外されていることに気づく様子はなかった。

（だから絶対に大丈夫。禁呪を使うため、私が制服から加護を外していることに気がつく人間なんていないはずだわ）


ネリと入れ替わりを終えたベアトリスは、にっこりと微笑む。

「この後、私は先生にレポート指導を受けることになっているの。三階にある先生の個室へ行ってくれるかしら。授業に必要なものは全部準備してあるわ」

「かしこまりました」

ふわふわのブロンドヘアを風になびかせ、完璧な淑女の礼をした令嬢が優美な仕草で古城の方へ戻っていく。

さっきまでベアトリスについて歩いていた女子生徒も、そちらについていった。

できれば一緒にいてほしいところだったが、その女子生徒はさっきベアトリスと一緒にクレアに呼び止められたばかりである。

念には念を入れて、離れて行動するべきだと思った。

離れていく二人の令嬢を見つめながら、ベアトリスは無意識ながらため息をついた。

（私もああやって歩けたら、お兄様に疎まれることはないのかもしれないわね）

幼い頃から淑女教育を受けていないと身につかないであろう彼女たちの立ち振る舞いを目にするたび、憧れのようなもどかしさと共に、胸の奥に黒い感情が広がっていく。

もともと、諜報《ちょうほう》員のような仕事は自分には向いていないと思う。

ただ禁呪を持っていたから兄から貴重な命令を受けられたにすぎないのだ。

感謝しなくてはいけない。

そんなことを思いながら、ベアトリスは側《そば》にあった中庭の噴水を覗き込んだ。

真ん中から噴き出る水飛沫《しぶき》を避けるようにして、ゆらゆらと揺れる水面に自分の顔を映す。

そこには黒髪をきつく一つ結びにし、涼しげな目元をしたネリの顔があった。水面を見ながら、ベアトリスは右側についていたピンを左側に付け直す。

髪飾りの位置を反対側に付け直すのは、禁呪を使っているときのしるしだ。

国外で禁呪を使うときはこのしるしを使う必要がないと言われているが、何となく癖でやってしまうのだ。

身なりを整え、顔を上げたベアトリスはクレアたちが向かった方向へと向かう。

普段、ベアトリスが誰かの体を借りるのは情報を集めるときだ。

対象に成り代わってコミュニティに入り込む。そうすれば、誰かの私情や解釈を挟むことなく情報を集められるのだ。

〝入れ替わり〟なので、空っぽになったベアトリスには禁呪をかけられた相手が入ることになる。

その相手には薬を使って眠らせておくか、記憶を曖昧にさせる薬を使えば問題はなかった。

もちろん、ネリのような協力者には眠り薬や記憶を曖昧にする薬は不要だ。

そして、皇族や王族などの強力な加護を持つ相手にはこの禁呪は使わない。

禁呪が跳ね返される危険があるからだ。

ベアトリスにはまだその経験がないが、皇宮入りしてすぐに、禁呪は相手の加護を見極めてから使用するようにと教わった。

相手の加護次第では使えないベアトリスの『禁呪』だが、決して役立たずではなく、むしろ重宝されているとは思う。

なぜなら、意外なことに加護が弱くても重要な情報にアクセスできる人間は多いからだ。その理由は明白である。

――常識的に考えて、誰かと入れ替わることができる人間など存在しないのだから。

（今はクレア様がどの程度気づいたのか早急に確認しなければ。私が禁呪を使っているこ

とがバレたら大変なことになる)

その場合、兄に報告しなければいけない。

また嫌われてしまうのか、と思うと心の奥がずしんと重くなった気がした。

けれど、歩みが止まることはない。

「……お兄様がイグニール教を支持する限り、私はついていくしかないんだから」


クレアたちを急いで追いかけたベアトリスがたどり着いたのは図書館だった。

(絵本の中から飛び出たみたいだわ……!)

少し離れた場所から美しい白亜の図書館を眺め、ぽかんと口をあけてしまった。

歴史を感じさせつつしみ一つない白い壁、かわいい形の窓、図書館を覆う屋根がガラス張りになっているのに気がついてしまえば、わくわくする。

平民として暮らしていた頃にはまず関わりがなかったであろう施設に思わず目的を忘れかけたところで、声がした。

「……どうしてクレアはさっきのカフェテリアでヴィーク殿下の隣に座らなかったの?」

「! えっ? そんな風に見えた?」

声の主はさっき別れたクレアと男子生徒だった。

自分だとバレないようにネリの姿になって追いかけたベアトリスだったが、思わず生垣の陰に隠れてしまった。

この別棟――特に図書館の周辺にはなぜか人がいないのだ。

まるで、誰かがこの辺を貸し切っているみたいに。

目立たないようにして話を盗み聞きしたかったのだが、この閑散とした感じではどうしたって目立ってしまう。隠れるしかない。

(禁呪を使おうとしたことをごまかせていなかったら、きっと話題に上がっているはず。ヴィーク殿下に報告しようとかそんな話をしているはずだわ)

けれど、生垣に隠れたベアトリスの耳に聞こえてきたのは、危惧していたものとは違う意外な話題だった。

「――うん。クレアたちには聞こえなかったかもしれないけど、ほかの女子生徒も気にしてたよ。喧嘩でもしたのかなって」

「⁉ ち、違うのだけれど⁉」

「ベアトリス殿下を先回りして牽制したヴィーク殿下はさすがだと思ったけどなぁ。挨拶と同時にクレアが一番大事だって示すなんて、なんかかっこいいよね」

「かっこいい……ええ、本当にその通りだとは思うのだけれど」

(…………)

応じるクレアの歯切れがいまいち悪い。生垣に隠れたまま会話を盗み聞きしながら、ベアトリスは目を瞬いた。

(これって、さっきの講堂での会話のことよね……)

セミナーハウスに到着した直後。

オリエンテーションが行われる前の講堂でベアトリスは皇国と並ぶ大国の第一王子・ヴィークに挨拶をした。

だが、その挨拶はこれ上はありえないぐらいの最悪な失敗に終わってしまった。

パフィート国に留学して一年。やっと念願叶ってヴィークに会うことができたのだ。

どうしても仲良くなりたくて、思いつく限りの話題を精いっぱい話しかけたのだが、彼の外面という仮面は少しも揺らぐことがなかった。

そのうえ婚約者まで紹介され、明確に拒絶を示されてしまった。

(でも、ヴィーク殿下が私を疎ましく思っていることはよく知っているわ。だって、手紙を送ったところで届くお返事はいつも定型文ばかり。きっと側近の方が書かれていたんだわ。加えて、婚約者がいらっしゃるのもヴィーク殿下の立場を考えれば当然だけれど)

しかしベアトリスは諦めるわけにいかなかった。なぜなら、ヴィークと仲良くなることは兄である皇太子からの指示だからだ。

兄に逆らうこと、それはイーグニス皇国での孤立とベアトリスの母親の夢を叶えられないことを意味する。

（禁呪を使うところを見られそうになるという失敗をしただけじゃなく、ヴィーク殿下とお近づきになるのを失敗したと知られたら……）

考えただけで背筋が寒くなる。

何としてでも、兄からの命令は達成しなければいけないのに。

そして、ベアトリスは生垣の陰からクレアとディオンを見つめながら、ヴィークからの手紙の返事についても考える。

（先日いただいた立太子の式典への招待状に添えられたお手紙には温かい言葉が添えられていたのよね。今日、ご挨拶をしたときのヴィーク殿下の説明によると、あれはクレア様が書いたもの。……いつもと違った雰囲気のお返事だったのも納得だわ）

ベアトリスにとって、先日受け取った招待状に手紙が添えられていたのは、青天の霹靂《へきれき》でしかなかった。

それは、珍しくヴィークから手紙が来たからではない。ベアトリスを気遣うような一文が添えられていたからである。

普段、皇女として多くの人々に囲まれながらも、ベアトリスはひとりぼっちだ。

そのことにはすっかり慣れたし、仕方ないとも思う。

けれど、皇宮に一人でいるとき、たまに仄暗《ほのぐら》い気持ちになることがあるのも事実だ。

黒い感情と自分のものとは思えない強力な魔力が体中から溢《あふ》れて、自分を支配できなくなるような、そんな感覚。

手紙に書かれていた言葉は、その黒い感情をかき消すような柔らかなものだった。

ベアトリスの心に少なからず刺さったそれは、強い印象を残した。

（あの手紙を書いたのが恋敵《こいがたき》ってことを知ると馬鹿みたいだけど……あんなに温かい言葉を向けられたのは久しぶりだった。それに、さっきは人前で婚約者の紹介をしたヴィーク殿下へ、咎めるような視線を送っていたし……クレア様っていい子なんだろうなぁ）

クレアへのベアトリスの感情は複雑だ。

手紙のことを思えば、こんな立場でなければもっと話をして普通に友人として仲良くなってみたかったと思う。

けれど、それは許されない。

ベアトリスは兄の命令に従い手柄を立てる必要があるのだ。

クレアとディオンの会話が自分に関するものではなかったことに安堵したベアトリスはそっと立ち上がった。

（とにかく、このクレア様と男子生徒の会話からわかったのは、クレア様とヴィーク殿下はあまり仲が良くないらしいことね。もしかして、ヴィーク殿下がクレア様を婚約者だと公言しているのは何か理由があるのかもしれない。……私にももしかしたらまだチャンス

があるのかも）

そうして、兄にあたる皇太子の鋭い瞳を思い浮かべる。

それだけで身震いがして緊張感が高まった。

「……しっかりしなきゃ。私はお母さんのために手柄を立てないといけないのだから」

ベアトリスは呟いて頬をペシンと叩《たた》くと、体を貸してくれたネリが待つ古城へと戻ったのだった。

第二一章

卒業試験合宿は数週間に及ぶ大規模なもので、期間中には卒業レポートの作成だけでなくペーパー試験や実技試験も行われることになっている。

しかし緊張感に満ちた数週間になるかと思えば、意外とそうでもなかった。

初日の夜は各地の王立学校の生徒同士の顔合わせと懇親会も兼ねた簡単な食事会が催され、大広間代わりに整えられたカフェテリアには和やかな空気が流れていた。

そこにジルベールの能天気な声が響き渡る。

「リュイ嬢、お元気にしていらっしゃいましたか」

「……」

ジルベールをちらりと見てすぐに手元のグラスに視線を落としたため息をついたリュイを見て、クレアは心の中で苦笑いをした。

（ベアトリス殿下から頻繁にお手紙が来ていることは知らなかったけれど、ジルベール殿下からリュイ宛にお誘いの手紙がしょっちゅう来ていることはよく知っているもの……）

パフィート国とルピティ王国の国境近くには『扉』が設置されている。

そのせいでジルベールが両国間を行き来するのはびっくりするほど容易なようだった。

リュイへのお誘いはバラエティに富んでいて、最近ではほとんど返事を書いていないしリュイが目を通すことすら少ない。

クレアだけが心苦しさを感じて目を通し、自分の名前で返事を代筆することがある。

けれど、それはそれでヴィークが妬《や》くこともあるので頻繁ではなかった。

つまり、ジルベールへの扱いは一国の王子へとしてはなかなか残念すぎることになっている。

しかし言い訳になるが、送られてくる手紙の内容もなかなかひどいのだ。

自国の狩猟大会へのお誘いに始まり、『休日にお茶をしませんか？』や『貴国を散策したいので案内をしてくれませんか？』など高貴な人間らしい用件ならばまだいい。

『どうしようもなく悩んでいることがあるのでぜひリュイ嬢にお話を聞いてもらいたい。会わないと話せません』というふわっとした誘いや『明日のタイの色はどうしたらいいでしょうか。決められないので選んでくださいいやこちらから見せに行きます待っていてください』という本当にどうでも良すぎる内容だったときは、さすがのクレアもリュイに見せられなかった。

ちなみに、ヴィークやドニはそれを見てケラケラと笑っていた。

そんな状況なのに、ジルベールはリュイ目当てでこの卒業試験合宿に乗り込んできたらしい。

全く相手にされていないのに、前向きに傷つきにやってくるそのメンタルの強さに感動してしまう。

ニコニコ微笑みながらリュイとジルベールを見守っていたドニが、オレンジジュースが入ったデキャンタを片手に声をかけた。

「ジルベール殿下、オレンジジュースをどうぞ」

「うぉっ⁉ あ、ありがとう」

勢いよく注がれたオレンジジュースはほんの少しこぼれてジルベールの手をつたい、白いスーツの袖口についてしまった。

それを見ていたプウチャンが白い翼をバタバタと羽ばたかせ、皆の頭上を飛び回った。

「ジルベール サイナン。カゴヲ イヤガッタカラダゾ ザマアミロ」

「う、うるさいな」

その会話を聞いていたヴィークが怪訝《けげん》そうに問いかける。

「ジルベール殿下は他国へ来ているというのに加護をかけていないのか？」

「い、いいえ、本来はそのようなことは。ただ、プウチャンがかけてくれる加護は強力なのですが体に合わなくて。しかしさすがに今日は何も起こらないだろうと加護をかけていないだけでして」

「へえ。プウチャンはオレンジジュースの悲劇を防げるくらい細やかで強力な加護をかけられる精霊なんだ？　面白いね」

ついさっきまではジルベールの存在を完全に無視していたのに、魔法の話になったら会話に加わったリュイを見て、ジルベールは瞳を輝かせた。

「リュイ嬢！　できれば明日からはリュイ嬢に加護をかけてもらえないだろうか？　プウチャンの加護は体に合わないし、でも授業を見学しているうちに——そう、ここでは実技試験などもあると聞いている。そんなときに一国の王子である私に危険が降りかかったら大変だろう？　ぜひ、遠慮なくその美しい手で私の背中に触ってほしい」

「袖口がオレンジジュースで汚れるくらいなら我慢されたらいかがですか。それよりも、王立学校の卒業試験は卒業生にさえ緘口令が敷かれるほどのものです。ジルベール殿下へも、セミナーハウスへの立ち入りは許可されていても授業や試験への立ち会いは許可されていないはずですが」

「そ、そうなのか……!?　ルピティ王国の高等教育制度の参考にしようと思って来たのに……」

見事なまでの拒絶と発覚した新事実に、ジルベールはわかりやすく『ガーン』という表情を浮かべた後、がっくりと肩を落とした。

さっきまでリュイを一生懸命口説いていたはずが、きちんと目的を遂行する気があったことに驚いて、クレアはついフォローしてしまう。

「ジルベール殿下、授業や試験には立ち会えなくても、施設の利用は許可されていますわ。視察は可能です」

「クレア嬢はいつでも優しいね。私にそんな風に接してくれるのは君だけだよ。でも私はリュイ嬢がいい」

「……」

フォローを拒絶されてしまったものの、とりあえずジルベールが見た目ほど落ち込んではいなかったことを知り、クレアは安心した。

一方、ジルベールが加護をかけていないことを知ったヴィークは厳しい表情になる。

「ジルベール殿下、イーグニス皇国の皇女のことは知っているか」

「？　皇国の皇女？　えーと」

「人と入れ替わる禁呪を持つという評判の皇女のことだ。実はその彼女がパフィート国に留学中で、この会場にいる。余計なトラブルを招きたくなかったら、加護はかけておくべきだ。これはパフィート国の王族として進言する」

「何だって？　そんな人間と加護をかけずに同じ空間にいるなんて、私の立場としてやばくないか？」

「……」

「ジルベール　カゴ　カケナサイ。スキキライシテル　バアイジャナイ」

ジルベール以外の皆が呆れて何も言えなかったが、唯一反応したプウチャンはジルベールの頭上を飛び、ぐるぐると回っている。

ジルベールはプウチャンを黙らせようと両手を振り回しているが、白いフクロウは全く捕まらなかった。

騒いでいる間にカフェテリアの扉が開いた。

そこから、ブロンドヘアをふわふわさせて入ってくる女子生徒が見えた。

その周囲を一糸乱れぬ様子でピシッと髪を一つ結びにした女子生徒が囲っている。

間違いなくイーグニス皇国の皇女ベアトリスだった。

皆が勉強モードの日中は気にならなかったが、生徒たちがリラックスしているこの時間は別だ。

異様にも思える集団の登場にカフェテリアにはざわめきが広がっていく。しかし。

「……へー。あれはベアトリス・バズレールか」

ジルベールは緊張感に欠ける様子で彼女の名前を口にすると、オレンジジュースをごくごくっと飲んだ。

（……えっ……⁉）

その瞬間にクレアたちは固まる。

「ジ、ジルベール殿下。あの、ベアトリス殿下のことをご存じではなかったのでは？」

「え？　悪役皇女のベアトリス・バズレールだろう？　そっか。皇国の名前まで出てこなかったもんな、アレには。だから話が噛み合わなかったのか」

「……！」

あっけらかんと言い放ったジルベールだったが、それだけでクレアは彼が何の話をしているのかを察した。

全身にぴりりとした嫌な緊張感が走り、手のひらが冷たくなっていく。

（ジルベール殿下は、あの世界の話をしている。そして、ベアトリス殿下のことを『キャラクター』として知っているんだわ。とにかく、ジルベール殿下に話を聞かないと）

それがどういう意味なのか。

自分が見た夢との関係を推測して、クレアはこれ以上なく動揺していた。

懇親会を終えて自室に戻ったクレアはぐったりとベッドに倒れ込む。

「……どうしたらいいのかしら」

あの後、ジルベールはヴィークたちの目を盗んでクレアに『ベアトリス・バズレール』のことを教えてくれた。

それはクレアにとって最悪の内容だったのだ。

（――ベアトリス殿下が『あの世界』の登場人物だということが確定してしまったわ）

❦ ❦ ❦

ベアトリスがヴィークに挨拶をしにやってきたタイミングを見計らい、クレアとジルベールはさりげなくその輪を外れた。

カフェテリアの端からヴィークとベアトリスが皆の中心になっているのを眺めながら、ジルベールは声をひそめて教えてくれる。

「私が知っている続編シナリオでは、ベアトリス・バズレールは主人公の恋愛を邪魔する『悪役』なんだ」

「恋愛を邪魔する『悪役』、って……でもそれならジルベール殿下のシナリオが終わった今なら、特に私たちに影響はないはずですよね？」

「私も詳しくはわからないんだが、ゲームのシナリオではそうだったような……。あ、違うな。悪役皇女は続編でクレアの恋愛を邪魔した後、しばらくは表舞台から消え去るんだが、最後の最後でラスボスとして出てくるんだったような」

「……ラスボス」

その言葉の響きが、祖母の形見の香炉を使って見た未来と重なっている気がして、クレアは息を呑んだ。

(変に緊迫感のある夢に、講和会議……。夢の中でジルベール殿下が忠告をしてくれたことも辻褄《つじつま》が合うわ)

クレアの緊張には気がつかずジルベールは続ける。

「続編、私がクレアに攻略されるルートでは、バッドエンドだと魔力竜巻によって世界が消えるんだ。そこでゲームオーバー。だが、ほかのキャラを攻略するルートでのバッドエンドのときに、戦争でラスボスとして出てくるんだったような」

「そのキャラの名前をお伺いしても……?」

「えーと。何だったかな。そうだ、イーグニス皇国の皇太子、マクシム・バズレールだ。たしか、実在するはず」

「……!」

クレアは呆然としたまま何とか考えを巡らせる。

(つまり、ジルベール殿下が知っている続編のキャラクターたちがこの世界に存在しているということよね。けれど、主人公である私がシナリオ通りに動いていないから、ゲームの中とは違う出来事が起きてしまっている、と)

仮説を立てたクレアは確認してみる。

「ジルベール殿下は『マクシム・バズレール殿下ルート』でどんなことが起きるのかはご存じなのでしょうか？」

「たしか、皇太子ルートの始まりはクレア嬢がノストン国の聖女としてイーグニス皇国から招待を受けたことだったはずだ。本来、クレア嬢は聖女ではないけど、聖女不在のイーグニス皇国に請われて特別な色の魔力を持つ『聖女代理』としてマルティーノ公爵家の名の下に期間限定で皇国へ赴くことになるんだ」

「……現実では起こりえないことだわ。だって、私はヴィークと正式に婚約しているし、聖女でもないもの」

「だよね。ちなみに、シナリオでは、その立場から孤独だったマクシム殿下の心をクレアが溶かしていくんだ。お菓子を作ったり、砂漠のデートに誘ったり、寝かしつけたり、いろんなイベントを通じて」

「…………」

お菓子を作ることも、砂漠のデートに誘うことも、皇国の皇太子を寝かしつけることも、その全てがありえなさすぎてクレアは顔を盛大に引きつらせた。

（でも、信じないわけにはいかないわ。だって、私とジルベール殿下はどちらもこの世界がゲームの中の世界だと認識しているけれど、明確な違いがあるんだもの。それは、私は続編のことを何も知らないけれど、ジルベール殿下は続編シナリオをプレイしたことが

あって設定を詳細に覚えていることよ）

クレアはここがゲームの中だという認識はある。

けれど、逆に言うと認識があるだけだ。

これから起こることは何一つ知らないし、トラブルの元になりそうな重要な人物――ゲームのキャラ、もほとんど知らない。

けれどジルベールは違う。

こんな風に、ゲームの中の設定などを細かく覚えているのだ。

祖母の香炉を使い、起こりうる未来を見て危機感に焦るクレアだったが、ジルベールが味方をしてくれるのなら最悪の未来を避けられるように思えた。

（ジルベール殿下とはできる限り距離を置きたいリュイには、嫌な顔をさせてしまうかもしれないけれどね）

そこで、ハッと気がつく。

「主人公に心を溶かされなかったマクシム・バズレール殿下はどうなるのでしょうか？」

「どうなんだろうね。そこまでやり込んでたわけじゃないからわからないんだ。それに、私自身もこの世界をループしていたけど、問答無用でバッドエンドだったからその先の未来がわからなくて手掛かりがない。魔力竜巻が起きて国ごと呑み込まれたから」

「「…………」」

（つまり、マクシム殿下のバッドエンドはどんなものかもわからないし、ジルベール殿下ルートのバッドエンドが魔力竜巻に巻き込まれることだったことを踏まえると、最悪国が消えるような事件が起きてもおかしくないということよね……）

最悪の事態を想像したクレアは青くなる。

けれど、それはつい数秒前まで呑気《のんき》に話していたジルベールも同じことのようだった。

「あれ。……もしかしてバットエンドっていうと……つまりそれは悪役皇女がラスボスとして登場することになるのか？　マズイな？？？」

「はい。ジルベール殿下は先ほどベアトリス殿下のことを『戦争のラスボス』とおっしゃいましたよね。だとしたら、皇国は近いうちに近隣諸国と戦争を引き起こすことになります」

ジルベールが味方をしてくれるのなら事態は悪いようには進まない。そう思っていたクレアだったが、大きな間違いだったようである。

ジルベールはジルベールでパニックに陥っていた。

せっかく魔力竜巻を回避して母国を救えたと思ったら、またバッドエンドの危機なのだから当然だろう。

「どうしたらいいんだ……。そうだ、プウチャンに……！　プウチャンに聞くしかない」

ジルベールの言葉に、ずっとジルベールの頭上でえらそうに話を聞いていたプウチャンはバカにしたようにフンと笑う。

「ナニイッテンダ　プウチャンハ　ジルベールノ　コトシカ　シラナイ」

「何だって⁉」

「ジルベールト　ズットイッショニ　イタンダカラ　アタリマエダロ。コノセカイノコトハ　イッショニイタ　ニンゲンノコトシカ　ワカンナイ。ソンナコトモ　ワカンナイノカバカダナ」

「プウチャン！　今日もひどすぎないか……⁉」

ぎゃあぎゃあと騒ぎ始めてしまったジルベールとプウチャンを横目に、クレアは胸の前できゅっと手を握った。

（ヴィークとリュイを救い、ノストン国とパフィート国の間に起きる戦争を防ぎ、魔力竜巻を浄化して、あとはもう心配事はないはずだったのに……！）

背後では立食形式の懇親会が続いている。

セミナーハウスのカフェテリアが会場とはいえ、ここは古城だ。

乙女ゲームの世界だと言われれば一瞬で信じてしまうほどに美しく華やかで、夢のような光景が広がっている。

高い天井とステンドグラスが印象的なカフェテリアには管弦楽の美しい調べが流れ、その中央でヴィークたちと歓談するベアトリスが見えた。

ほんの少しだけ頬を上気させたように見えるベアトリスの弾けるような笑顔。

あれは演技で作りものなのだろうか。

（今日、数学のレスリー先生と入れ替わりをしようとしていたのも、きっと何か重要な出来事に繋がっているはずだわ。ほかにも、ヴィークに頻繁に手紙を送ってきていたことや、今パフィート国に留学していることですら）

あまり人を疑ってこなかったクレアとしては、理解の範疇を超える真実だった。考えれば考えるほど頭が痛くなりそうだった。


回想を終えたクレアはベッドの上に起き上がる。

「しっかりしなきゃ。この世界を救えるかどうかは私にかかっているんだから」

当然、ヴィークには相談するつもりだ。

けれど、ここが乙女ゲームの世界だとはどうしても言いたくない。大切な人を傷つけたくなかったし、それはジルベールも同意見のようだった。

けれど、どうしたらこの話について真実味が増すのかがわからない。

かつてやり直しを選択したときには、クレアはヴィークたちに関する知識をたくさん持っていて、本当に未来を変えるために二度目の人生を送っているのだと説得できるような材料がたくさんあったのだ。

しかし、今はない。

「……おばあ様の香炉を使って夢を一緒に見られたらいいのだけれど」

ふとそう思い、クレアは魔法で守られた貴重品ボックスの中から祖母の肩身の魔道具を取り出した。

白い陶器に青い絵柄、それを彩る色とりどりの石が美しい。

本来、この魔道具は祖母専用のものだったらしい。

魔力の色の問題でクレアの祖母にしか使えないからそうだったのかもしれないが、それを言うなら、現在はクレア専用なのだろう。

ヴィークたちとクレアでは魔力の色が異なるし、この香炉を使った部屋で一緒に眠ったとしても、同じ夢が見られるとは思えなかった。

その日の夜も、クレアは祈るような思いで香炉に魔力を注いでから眠りについた。

見られるのはいつもと同じ夢。

何一つ変わったところはなくて、翌朝目を覚ましたクレアはため息をついたのだった。

次の日。

クレアは落ち着かない気持ちでレポート指導の授業に参加していた。

レポートに使用するデータの分析方法について講義をしているのは、偶然にもこの前ベアトリスに禁呪をかけられそうになっていたレスリー先生だった。

広い階段式の講義室、中央に座ったクレアの右隣にいるのはディオン。

反対側の左隣にはヴィーク、その先にドニが座ってまるで学生のようにわくわくした表情で授業を聞いているのが見える。

（香炉やベアトリス殿下のことをヴィークに相談したいけれど、信じてもらえるか以前に、卒業レポートの準備が忙しくてなかなか時間がないのよね。こうして同じ授業を受けているとき以外、誘う時間すらもないわ）

今思えば、昨夜の食事会は絶好のチャンスだった。

けれど、相談したいことができたのはその後なのだ。タイミングが悪すぎる。

そんなことを考えながら講義を聞いていると、先生が「では早速各々で分析を進めてみましょう」と言ったのを皮切りに、ヴィークが話しかけてきた。

「クレアが卒業レポートに選んだ魔道具は本当に目立つな？　しかし、母上のものじゃなくていいのか？」

ヴィークが指すのは講義室の端に置かれた豪奢なクローゼットだった。勉強の場に不釣り合いでしかない大きさと豪華さである。

あまりにも場所を取るため、皆、研究対象となる魔道具を自分の席に置いているにもかかわらず、クレアだけはそういかなかった。

近くの席に座った生徒がチラチラとクローゼットを気にしている。

「何だこれは」と表情で語りつつ何も言わないのは、これがヴィークと特別な関係にあるクレアのものだと察しているからだろう。気まずすぎる。

「ええ……あの、おばあ様の魔道具は特別なものすぎて、卒業レポートには向かないと思って」

「それでアスベルト殿下のクローゼットか」

「ええ。せっかく貸してくださったし、こんな大きいものをお兄様も運んでくださったことだし」

ちなみに、ここまではクレアが転移魔法で運んだ。

貴重な転移魔法を荷物の運搬に使用したことに先生たちは甚く驚《いた》いていて、騒がせてしまって本当に申し訳ないとは思っている。

そこまで答えたところで、ドニがにやにやしながら会話に割り込んでくる。

「え〜？　クレア、いいの？　卒業試験のレポートって一生ものなんだよ。パフィート国だったら、王宮での仕事につくときに提出する経歴書には必ず『卒業レポートのテーマと評価』を記入する項目がある。そこに元婚約者の魔道具を使ったレポートのこと書くの？」

「……えっ⁉　そうなのね⁉」

それは知らなかった。

自分のことながら、さすがにデリカシーがないのではないかと青くなったクレアだったが、ヴィークは呆れたようにドニを制した。

「……ドニ、やめろ。クレアはそんなくだらないことを気にしなくていい。大体、クレアが王宮で経歴書を提出する機会なんてないはずだ。クレアは執務関係なく俺にとってなくてはならない存在だ」

ちょうどそこで、どこかでピーッと笛の音が鳴る。

音がした方向を見ると、女子生徒が魔道具の作動方法を間違えて警告音を鳴らしてしまったようだった。

にわかにざわついた教室の中、「申し訳ございません」と周囲に謝るその生徒に笑みを送ると、クレアは話に戻る。

「王子様、今は授業中でそんな話をする時間ではない気がするのだけれど？」

「クレアは元婚約者からの借り物を、王立学校の集大成になるレポートのテーマにするんだもんな？　つれない婚約者には気持ちを示しておかないといけないだろう？」

ヴィークの正直な言葉に照れ臭い。ほんの少しふざけた言い方をしてみると、ヴィークも同じように応じてくれた。

水を向けたはずのドニは「うっわ～。心配して口出ししたのに惚気を聞かされた～?」と呟いている。

その言葉に笑いながら、クレアは迷いが消えていくのを感じていた。

(ヴィークなら、きっとわかってくれるわ。信じられないような話でも、きっと親身になって話を聞いてくれる)

そうして、前を向いたままノートの端にノストン国の古い言葉で『今日の夜、話したいことがあります』と書き入れた。

できるだけ不自然な動きにならないように気をつけつつヴィークに見せると、その隣にすぐに同じ言語で返事が書き込まれた。

――『了解。寮の部屋にて待つ』と。


「やっぱり、ヴィークが使う部屋は王族用のものなのね……」

その日の夜、訪れた部屋の居室でクレアは遠い目をしていた。

クレアはノストン国で全寮制の王立貴族学院に通っていた。

同時期に学院へ通っていたアスベルトにどんな部屋が与えられていたのかは知っているし、自分にも一般の生徒とは違う特別な部屋が与えられていた。

だから、並大抵のことでは驚くはずがなかったのだが、今回は想像の遥か上を行かれていた。ただただため息をつくしかない。

古城の一番奥——恐らくかつてこの城が機能していた時代には、主人の寝室だったであろう場所。

そこには、ここがセミナーハウスとして使われているのは何かの冗談ではないかと思えるほどに王城と変わらない空間が広がっていた。

部屋の中にはどういうことなのか螺旋《らせん》階段がある。

その階段のぐるぐるに従って視線を上げれば、三階相当はありそうな高い天井にシャンデリアがかかっているのが見えた。

そのほかにも調度品の類も豪奢で、王城とまったく見劣りしない。

ちなみに、ヴィークの護衛として来ているリュイとドニの部屋もこの中にあった。

クレアがディオンと共にこの部屋を訪ねたとき、二人は準備万端で出迎えてくれた。

（ヴィークの部屋がこんなにすごい場所だったなんて。私たちのような普通の学生が泊まっている部屋とは離れた場所にあるのも納得だわ……）

「外で部屋に呼ぶのは褒められたことではないが、あんな風にして伝えてくるぐらいだ。

特に重要な話なんだろう？」

「ええ」

ヴィークの問いに頷きながらクレアも席に着く。

六人がけの大きな丸テーブルに、クレア、ヴィーク、リュイ、ドニ、ディオンの五人が着いている。

いつものメンバーでも、場所が違うと新鮮な感じがする。

「こうやって集まると、キースがいないのが不思議な感じがするね～？」

「キースは今頃はりきってるんじゃないかな。騎士団直轄の部署で皇国を訪問する王弟殿下の護衛計画に加わってるって話だよ」

ドニとリュイの会話にクレアは目を丸くした。

「……王弟殿下が皇国を訪問する計画があるのね？」

「ああ。イーグニス皇国は国交のある友好国だし、定期的に行き来はしている。半年後に行われる俺の立太子の式典にも呼ぶしな」

ヴィークが言う『王弟』とはノストン国に留学中のヴィークの従妹、ニコラの父親にあたる。

（ニコラ様のお父様が国の代表で皇国を訪問するなんて）

クレアは何とも言い表し難い嫌な感じを覚えたが、それを振り払って切り出した。

「今日集まってもらったのは、皇国のことなの。ベアトリス殿下が数学のレスリー先生と入れ替わろうとしているところを見つけた話はしたでしょう？」

「ああ。だが、彼女の立場を考えるとその現場に居合わせないと取り押さえることは難しい。しかしその日以来、魔法が得意でない先生にも加護を徹底するように秘密裏に言い渡している。魔術師の先生がまとめて加護を引き受けてくれているのがありがたいな」

昨日、ベアトリスがレスリー先生と入れ替わろうとしていたことに関して、クレアはヴィークに報告はしていた。

ただ、卒業試験の真っ最中ということもあり、時間を取って話し合うことはできずにいた。だから、今日初めて詳しく話すことになる。

「ベアトリス殿下が頻繁に禁呪を使っていることのほかに、気になることがあるの」

クレアはそう言いながら祖母の形見の魔道具――陶器でできた白い香炉をテーブルに置いた。

それを初めて見たらしいドニが不思議そうに覗き込んでくる。

「わ～！　綺麗な香炉だね？　でも魔道具なのかな？　何か不思議な感じがするような？」

「ええ、ドニが言う通りこれは魔道具よ。しかも、ノストン国で銀の魔力を持つ聖女だった私のおばあ様だけが使えたという、特別な魔道具なの」

「へえ～！　どんな効果を持つ魔道具なの？」

ドニからの問いに、クレアは一呼吸置く。

「――未来を見る魔道具」

「何だって？」

ヴィークが驚いたように身を乗り出してくる。

「でも、見たいものを見られるわけではないの。この魔道具を使って知ることができる未来は、ランダムなものみたい。偶然起動させてしまったのだけれど、私が見たのもさまざまな場面を切り取ったものだったわ」

本当は『ゲームの世界のバッドエンド』に関わるものが見えたのだが、そこまでは話せない。

けれど、ヴィークたちはクレアが何を相談したいのかわかってくれたようだった。

「つまり、その魔道具を使って、皇国絡みの良くない未来が見えたということだな」

「……ええ。話を聞いてくれるかしら」

そこで、クレアは魔道具で見た未来のことを話した。

ベアトリスが何か黒いもやのようなものに包まれて消える様子。

皇国から何らかの密命を受けているらしいベアトリスが、クレアの祖母の形見の香炉を割る場面。

ジルベールと自分が図書館で何かを調べていて、そのときの会話が戦争を思わせるようなものだったこと。

そして、『講和会議』の席でヴィークとアスベルトが疲弊した様子を見せていたこと。

併せて、恐らく自分の魔力の色が祖母のものと同等以上だったため、魔道具が起動したことも話した。


一通り話し終えたところで、ヴィークが口を開く。

「その魔道具を作った人間の話が聞きたいな。その未来はどれぐらいの確率で当たるものなのか。未来を変えようと動くことで干渉できるものなのか」

「マルティーノ公爵家に問い合わせたのだけれど、これを作った人間については記録がないみたい。オスカーお兄様も必死になって調べてくれたのだけれど……。不思議とこの魔道具は出所がわからないそうで。アン叔母様もおばあ様が未来予知のようなものをしていたことは知っているけれど、魔道具を使っていたことまでは知らなかったみたい」

「祖母上の未来予知はどれぐらいの精度で的中していた？」

「……ほとんどのことは当たっていたみたい」

事実、クレアがゲームの世界でのバッドエンドを避けて王立貴族学院の卒業パーティーの前日に逃げ出せたのは、祖母の予知があったからだった。

(当時私は知らなかったけれど、おばあ様は私が大勢の前で婚約破棄されて追放される未来を見ていた。そうならないよう、アスベルト側近になるであろうサロモン様に前日までにエスコートを申し出ることを依頼してあった。パーティーの会場ではなく、前日に生徒会室で婚約破棄されたからこそ私は逃げ出せたの)

初めて魔道具を使って夢を見たときには信じられなかったが、卒業試験では夢の通りベアトリスに出会ってしまったし、ベアトリスの役割を知るジルベールの言葉も後押しになった。

何よりも、クレアにとっては祖母に救われたという事実こそが魔道具の効果そのものなのだ。

「ベアトリス殿下は頻繁に入れ替わりをしているように思えるわ。それが誰の指示によるものなのかはまだ断言できない。けれど、この先起こりうる戦争と無関係なはずがないと思うの」

「……だろうな。実は、皇女が皆の前では自分の魔力の色が下位だと公言して憚らないことや、禁呪以外に取り柄がないとアピールしているのが気になっていた。皇女らしさとはかけ離れた振る舞いだろう？　もしそれがわざとで、相手を油断させることが目的なのだとしたら……相当な策士と思える。後ろに誰がいるのかを想像するだけで恐ろしい」

ヴィークはそう言ったきり考え込んでしまった。

代わりに、リュイが口を開く。

「私たちが生きているこの場所は決して安全ではない。クレアも知っているみたいにね」

「……その通りだわ」

（前に、クーデターを計画する人々——ディオンのミード一族を捕らえたことがあったわ。一度目の人生でもノストン国とパフィート国で戦争になってしまった）

ここのところ平和続きですっかり忘れていたが、クレアが二度目の人生を送っている理由もまさにそれなのだ。

不安に押し潰されそうになっているクレアだったが、変わらずにヴィークは冷静だった。全く動揺を感じさせない声音で応じる。

「……とにかく、面倒な事態になりそうだ。全容が判明するまで王弟のイーグニス皇国への訪問は延期するべきだろう。リュイ、すぐにキースに連絡を。ついでに、きな臭い事態になってきたから至急こちらに来るようにと」

「御意」

表情から柔らかさを消したリュイが立ち上がり書簡を準備しに行く。

いつもは皆が集まると賑やかだが、今日は完全に有事モードである。

誰も余計な軽口を叩かない中、リュイが部屋を出ていくコツコツという足音だけが高い天井に響いていた。

■皇女ベアトリス・2

その日、イーグニス皇国の皇女ベアトリスは意気込んでいた。

今日は卒業レポートの集団講義を受ける予定になっている。

ベアトリスの留学は兄からの依頼をこなすことが目的で、別に優秀な成績を修めたり新たな知識を得てくる必要はない。

けれど、皇国に戻ったときにもうこれ以上周囲から『平民出の無知なお飾り皇女』と舐《な》められるのは嫌だった。

パフィート国の王立学校のレベルの高さは世界で知られているところだ。

そこで優秀な成績を残せたなら、周囲の自分を見る目も変わるかもしれない。

(平民出身だけれど、私だって皇族の一員なのよ。恥ずかしくない成績を残したい)

そんな思いでこの卒業試験に臨んでいる。

もちろん、取り巻きたちはそんなことは知る由もないのだが。

（卒業レポートは、ヴェールに包まれている卒業試験の中でも特に大きなウエイトを占めるという噂よ。となれば、絶対に落とすわけにはいかないわ）

ネリをはじめとした取り巻きの令嬢たちに囲まれ、決意を固めてベアトリスは階段形式になった大教室に入った。

すると、すぐに一際華やかな集団が目に入った。

パフィート国の次期王太子、ヴィークを中心とした一団である。

教室の中央という、最も授業を受けやすい場所に座っているのに、何となく周囲には空席が目立つ。

「どうして彼らの周囲には誰も座らないのでしょうか？」

取り巻きたちに問いかけると、皇国から連れてきたのではない令嬢が遠慮がちに教えてくれた。

「ヴィーク殿下は高貴なお方ですので。入学当初は接触を持ちたい生徒たちが周囲に群がっていましたが、殿下が決まった方と行動されるようになってからは皆距離を置いて過ごしているようです」

「ということはあなたも？」

「あっ……はい。恥ずかしながら、一年生の頃は贈り物を持って殿下に声をかけたこともありました。ですが、殿下がクレア様とご友人になられてからはただ遠くから見守るようにしています」

(なるほど)

ヴィークがベアトリスをいとも簡単に追い払うのは、どうやらこういう学生生活を送っていたせいで自然に身についた振る舞いなのかもしれない。

それを思うと、自分にもまだ希望がある気がする。

(お兄様からヴィーク殿下と親しくなるように命じられているんだもの。チャンスはこの卒業試験に関わる合宿の間しかない。どんな情報も逃さないようにしないと)

ところで、皇国の皇女ともなると羨望の眼差しを向けてくる令嬢は少なくない。

現に、皇国でのベアトリスは皇族や『平民出の無知なお飾り皇女』と失礼な視線を送ってくる一部の上位貴族を除けば、お姫様扱いだ。

今だって、ベアトリスの取り巻きの中にいつの間にか数人の令嬢たちが交ざっている。

パフィート国の王都の王立学校に通っている者たちだった。

「ヴィーク殿下とクレア様って本当に仲がいいのでしょうか？　正直なところ、うわべだけのものに見えなくもないのだけれど」

「!?　ベアトリス様、何ということを。お二人の仲の良さは誰もが認めるところですわ。殿下のお耳に入ったらお気を悪くされるかと」

「……そうなのですね。ごめんなさい、ただそう思っただけだったの」

しゅんとして答えれば、令嬢は「私こそ差し出がましい真似を。申し訳ございません」と頭を下げた。

それをにっこり笑って見つめながら、ベアトリスはどうも腑《ふ》に落ちない気持ちになる。

（おかしいわ……？　だって、私は確かにヴィーク殿下とクレア様が喧嘩をしているって話を聞いたと思ったのに）

レスリー先生と入れ替わろうとしているところを見つかってしまった後、クレアたちがどれぐらい察したのか知るためにネリの姿で図書館まで向かったあの日。

ベアトリスが聞いたのは「喧嘩をしているのではないか？」と詰め寄る男子生徒と、しどろもどろになって応じるクレアの会話だった。

（生垣に隠れていたせいで二人の表情まではわからなかったけれど、ヴィーク殿下とクレア様はあまり仲が良くないというような会話をしていたわ。それに護衛が男子生徒だなんて。皇国では取り巻きに選ばれるのは決まって女性よ。クレア様ってもしかして異性関係の交友に問題がある……？　もしかして家柄があまり良くないのかもしれないわ）

一五歳で禁呪を目覚めさせ、皇宮に呼び寄せられて付け焼き刃の淑女教育を叩き込まれたベアトリスには、自分が知らない常識は全て非常識であり悪に思えた。

教室の中央に向かって目を眇《すが》めたベアトリスは、その場所をスッと指差す。

「今日は、あのお二人の後ろの列に座りますわ」

周囲が気を遣って空けているということはわかるが、ここは学校だし何より自分は皇女である。

ヴィークはともかくとして、少なくともクレアとは対等以上なはずだ。

目を泳がせる令嬢たちを引き連れ、ベアトリスは席に着いた。

ちょうどそこで先生が入室してきた。間もなく授業が始まるようである。

（本当はヴィーク殿下とクレア様にご挨拶をしたいところだけれど、授業が始まるなら仕方がない。終わった後にすればいいわ）

そんなことを考えながらレポートに使うデータの取り扱い方法についてノートを取っていく。

前の列に座っている二人のことばかり気にしていたはずだった。

けれどいざ授業が始まってしまえば、どうしても優秀な成績を取りたいベアトリスは講義に夢中だった。

そんな中、ふと現実に引き戻される。

「――クレアが卒業レポートに選んだ魔道具は本当に目立つな？　しかし、祖母上のものじゃなくていいのか？」

各々データの分析を、と自由時間になった途端、ヴィークがクレアに話しかけたのが聞こえて、ベアトリスは顔を上げた。

「おばあ様の魔道具は特別なものすぎて、卒業レポートには向かないと思って」

「それでアスベルト殿下のクローゼットか」

「ええ。せっかく貸してくださったし、こんな大きいものをお兄様も運んでくださったことだし」

二人は小声で話していたものの、それよりも少し大きい声で護衛担当らしい制服の青年も加わる。

「え～？　クレア、いいの？　卒業試験のレポートって一生ものなんだよ。パフィート国だったら、王宮での仕事につくときに提出する経歴書には必ず『卒業レポートのテーマと評価』を記入する項目がある。そこに元婚約者の魔道具を使ったレポートのこと書くの？」

（元婚約者の魔道具？　どういうこと？）

どうやら、クレア・マルティーノは前にヴィーク以外の令息と婚約をしていたことがあるらしい。

付け焼き刃でも、皇国の淑女教育を受けたベアトリスにしてみればそんなのは完全に『傷物』だった。

（前の婚約者への未練を持ったままだなんて……）

信じられなくて、自分の口元が歪むのがわかった。

本当に、一体どうして彼女はヴィークの婚約者に選ばれたのだろう。

もし無理に据えられたのだとしたら、ヴィークと不仲だという自分の考察にはある程度の説得力がある気がした。

そんなベアトリスの考えをよそに、目の前の会話は続いていく。

「えっ!? そうなのね!?」

「……ドニ、やめろ。クレアはそんなくだらないことを気にしなくていい。大体、クレアが王宮で経歴書を提出する機会なんてないはずだ」

その瞬間、どこかからピーッという音が聞こえて会話をかき消した。

どうやら誰かの魔道具が警告音を発しているらしい。

音は収まったものの、周囲がまだざわわしていて小声の会話は全く聞こえなくなってしまった。

（せっかくいいところだったのに……）

ベアトリスが憧れる『淑女』として、盗み聞きは褒められた行為ではない。しかし、ベアトリスは間諜行為のためにここにいるのだ。

もう少し話を聞けたらよかったのに、と残念に思ったものの、今の会話だけでもヴィークとクレアの関係を探るのには十分だった。

(クレア様が王宮で経歴書を提出する機会はない——それはクレア様に王妃としての執務をさせないという意味よね。つまり、ヴィーク殿下はクレア様のことをあまり信頼していないいんだわ。それなのにヴィーク殿下の代わりに手紙を代筆していたのは不思議だけど……)

しかし、そうだとしたら、しょっちゅう喧嘩をしているのも無理はない。

二人の間には生まれや教養の差という大きな壁があるのだ。

(思えば、初日にご挨拶をしたときの様子もおかしかったわ。婚約者だと紹介されているのに、クレア様はなぜか戸惑っているような反応だったし。——なるほどね。全てが繋がったわ)

正式な婚約者として知られていても、実態はこうだったとは。

ベアトリスがクレアに特別興味を持ったきっかけは、クレアが自分の恋敵であり、ヴィークの代わりに手紙を代筆していると聞いたことからだった。

けれど事情をいろいろと知ってしまえば、クレア・マルティーノが置かれた状況は自分の境遇に重なっているように思えて、ベアトリスは少なからず同情していた。

皇国では誰もが夢見るシンデレラストーリーを手にしたプリンセスと憧れられているベアトリスだが、皇宮内では明らかに疎まれている。

皇族とは言い難いほど教養がなく、非常識な存在。

兄である皇太子を含め、自分をそう見る大人たちの中でベアトリスは疲弊していた。

だから、クレアのことを無知で非常識だと評しつつも、もしかして自分と同じようなものかもしれないと思うと心が落ち着く気がした。

（クレア様が代筆したという、ヴィーク殿下からの手紙。あれに温かみを感じたのは彼女に淑女教育が備わっていないからなのかもしれないわ。ヴィーク殿下だって、将来は執務を任せられないと思っているみたいだし）

一度そう思い込んでしまうと止まらない。

ベアトリスの中で、クレアは完全に『無知で教養がないけれど、何らかの理由があって大国の王子の婚約者に収まってしまった不運でかわいそうな令嬢』になっていた。

（どこにでもこういう話ってあるものね。ノストン国からの留学生なのにヴィーク殿下の婚約者に選ばれたことだけは意味がわからないけれど、クレア様を自由にして差し上げたほうがいいのかもしれない。だって、かわいそうだもの）


——ベアトリスは、ヴィークとクレアの不仲を確信していた。

第二二章

卒業試験合宿の日程はおよそ四週間にわたり、内容から前半と後半に分けられている。

最初の一週間で先生のアドバイスを受けながらレポートに着手。

必要ならば実験やデータの収集・分析を行い、次の一週間でレポートを書き上げる。ここまでが前半だ。

三日間の休暇を挟んだ後、後半には主に試験らしい試験が行われる。三週間目は学科試験、四週間目には実技試験。

最終日には成績が発表され、王立学校を卒業できるかが決まる。

もしここで落第となった場合、その生徒はすぐに二年次に編入することになり、卒業する三年生と一緒に過ごすことは叶わない。

その決定はどんな力を持つ貴族でや王族でも覆すことができないのだという。

遥か昔は最終日の成績発表の後に打ち上げを兼ねた盛大なパーティーが開かれていたこともあったようだが、いつだったか有力貴族の子弟が落第してパーティーがお通夜状態になって以来、前半終了後時点でカジュアルなパーティーが開かれるようになったらしい。

最大の難関であるレポートを提出し終え、学科と実技試験が始まるまでの息抜きだ。

ランチタイムが終わりかけのカフェテリア。

ベアトリスに呼び止められたクレアは、全く予想していなかった誘いに目を瞬いた。

「――レポート提出後のパーティーに、ベアトリス殿下は私をお誘いくださるというのですか？」

するとベアトリスは可憐に微笑む。

「はい。レポート提出後のパーティーは学校主催のものですから、比較的カジュアルなものと聞いています。つまり殿方のエスコートがなくても出席できる会ですので、ぜひクレア様と一緒に過ごしたくて。私は皇女としてあなたと仲良くなりたいのです」

「ありがとうございます。お誘い、感謝いたしますわ」

（どうしたらいいの……）

感謝の気持ちを伝えたものの、クレアは心の中では困っていた。

レポートを提出し終えた日の夜、このセミナーハウスを会場にした夜会が開かれることになっている。

それは、折り返しの中間地点まで来たことを祝う特別なパーティーだ。

身分や成績のことは忘れて、お互いを労《ねぎら》い楽しい時間がもたれるのだと聞いている。

ベアトリスにそこで一緒に過ごしましょうと誘われてしまったのだ。

なるべくベアトリスと距離を置きたいと思っていたクレアとしては、どうしても戸惑ってしまうところだった。

（ベアトリス殿下に何も二心がないのであればうれしい誘いだけれど、間違いなくそうではないわ。それに今は……）

実は今は特別な事情がある。

先日、ヴィークはキースを貸し出している部署にキースを返せと命令を出した。

けれど、キースは戻ってこなかった。

代わりに、キースを借り受けた部署の所属長から「今とても忙しい」「キースでないと王弟が動いてくれない」「重要な任務を任せていて、情報の流出を防ぐためこれが終わるまで返せない」などの言い訳を書き連ねた書簡が届いた。

埒《らち》があかない、とヴィークは怒りリュイを王宮に派遣した。「リュイならあの部署を黙らせられる」という理由からだ。

ということで、普段この国の次期王太子を加護で守っているリュイは今ここにいない。

その役目はクレアに任されている。

（ヴィークは自分でも加護はかけられるけれど、禁呪を使うベアトリス殿下がいるとなると、離れるわけにはいかない。加護は一度破られるとかけ直す必要があるんだもの）

通常時なら全く問題がないが、今は禁呪を使うベアトリスが側にいるのだ。

こうしてベアトリスがパーティーで一緒に過ごそうと誘ってきたことさえ、クレアには不自然に思えてしまう。

しかしベアトリスは皇国の皇女だ。礼を欠いてはならない。

だが、もしこの場面でヴィークに助けてもらった場合、度が過ぎて面倒なことになる可能性がある。

三歩離れた場所で、あからさまにこちらの様子を窺《うかが》っているヴィークに「今は見守っていてください」と視線で断りつつ、どうしようか困っていると、ありがたいことにジルベールが割り込んできた。

「クレア嬢！　パーティーなら私も同席させてもらえないだろうか」

「これは、ジルベール殿下。殿下にも出席の許可が出たのですか？」

ジルベールはルピティ王国の王族だ。

この場ではヴィーク以外でベアトリスと対等に渡り合える貴重な存在である。

ホッとして聞き返せば、ジルベールは得意げに語り出した。

「ひどいなぁ。私は別に邪魔者というわけじゃないだろう？　ただ、卒業試験の内容に関わるあれこれを漏らさないようにするため締め出されているだけで……ということで、レポート後のパーティーには出てもいいのだそうだ」

（……なるほど）

ところで、饒舌《じょうぜつ》なジルベールの頭の上ではプウチャンがランチ中だった。

真っ赤なベリーの実を器用にくり抜きながら食べている。猛禽《もうきん》類なのに生肉や虫を食べないのは、ゲームの設定なのだろう。

相棒に肩ではなく頭の上を占拠されているにもかかわらず上機嫌のジルベールは、パーティーに出られることがよほどうれしいようだ。

あいかわらず『王子様』という肩書きとはかけ離れた振る舞いをするジルベールにクレアは苦笑いをした。

「それはよかったですね」

「ああそれで、」

何かを言おうとしたベアトリスが、クレアとジルベールに向けて口を開こうとしたその時。

ジルベールの頭上で、赤いベリーの実がぶちゅっ、と嫌な音を立てて潰れてしまった。

その瞬間、赤い汁がジルベールの顔と肩に飛び散る。

「うわ――――っ⁉」

「ジルベール　サケブナ　オオゲサ」

「大げさって……そこで食事をする方が悪いだろう？　私は加護をかけていないのに！」

「…………」

ジルベールの言葉に、ベアトリスがぴくりと反応した気配がする。

（いけないわ）

それを見たクレアは慌ててフォローした。

「ジルベール殿下、加護はきちんとかけていらっしゃいますわよね。ただ、プウチャンがこぼしたベリーの汁を防げるような加護はかけていないという意味ですよね。それならここにいるほぼ全員ですわ」

「？　いや。私は今日も加護をかけていないな。パフィート国の優秀な先生方が多数いるこの王立学校で、万一があるはずないだろう」

（こっ、この方は……本当に……）

突然のことで、あまりうまいフォローではなかったとは思う。

しかしこれはあんまりではないか。

ベアトリスの手前、ジルベールが普段から加護をかけていないことを隠そうと思ったのに、真正面から否定されるとは思わなかった。

脱力してくずおれそうになったクレアをヴィークが支えてくれる。

「ジルベール殿下。異国でそのような発言をするとは、少し不用心すぎるのではないか？」

「⁉　あっ⁉　あっ……そ、それもそうだな。プウチャン、念のためにもう一度かけ直してくれるか。もともとかけていたんだ。かけていたけど、もう一度」

ジルベールはここまで言われてやっと状況に気がついたらしかった。

そして白々しくプウチャンに背を向け、加護をかけてもらっている。

ベアトリスを『悪役皇女』だと知っているジルベールとしてはなかなかの失態だろう。

「ハイハイ　テガカカル　オウジサマダナ」

プウチャンがジルベールの背中を羽で軽く触ると、羽からぶわりと魔力が吹き上がって風が起きた。

（プウチャンが加護をかけたところを初めて見たけれど、羽から魔力が出るのがわかるほどに強力な加護なのね）

なるほど、これはリュイでなくても興味を持ってしまうところだろう。

しかし、知的好奇心を刺激されたクレアは、ジルベールの悲鳴で現実に引き戻されることになった。

「おえええええええ！」

「!?」

賑やかなランチタイムのカフェテリアで、ジルベールはよりにもよってえづきはじめたのだ。見ると、顔が真っ青でものすごく苦しそうだ。

（もしかして、ランチに何か悪いものでも入っていたのかもしれない……！）

加護をかけていないジルベールは毒物にでも当たってしまったらどうしようもないのだ。ダイレクトに影響を受けてしまう。

「ジルベール殿下！　すぐに医務室へ！」

人を呼ぶために駆け出そうとしたクレアだったが、プウチャンに止められた。

「ジルベールニ　イムシツ　ヒツヨウナイ」

「⁉　でもあんなに苦しんでいるわ！」

「チガウ。タダ　プウチャンノ　カゴガ　アワナイダケ」

「えっ⁉」

クレアがジルベールに視線を戻すと、ジルベールは何とか椅子に座りテーブルに突っ伏していた。

そうして弱々しく顔を上げると、ほとんど白目を剝《む》いたまま呟く。

「いつものことなんだ。……だからプウチャンの加護は嫌なんだ……リュイ嬢、早く戻ってきてくれ……」

「リュイはジルベール殿下に加護をかけるつもりなど、わずかすらもないようだがな？俺も、大事な側近にそんな大役は任せたくないな」

そう言いながらヴィークが制服の上着をジルベールにかけてやった。

ジルベールは「優しいんだか冷たいんだかどっちかにしてくれ」と死にそうな顔でモゴ

モゴ言っている。

（プウチャンがかける加護が体に合わないとは聞いていたけれど、これほどのものだったなんて。これなら、加護を嫌がるのもわからなくはないわ）

クレアは問いかける。

「こんなにひどいことになるのなら、どうして国から魔術師の方を連れてこなかったのでしょうか？」

「うちの国での、僕への国王からの評価を知っているだろう……？　イマイチな第二王子に魔術師は同行させてくれないんだよ……！　悲しくなってきた。午後は医務室で寝て過ごす。プウチャン、連れていってくれ」

「イヤダ」

「⁉　プウチャン、そんな……！」

ジルベールの体とプウちゃんの加護の相性は最悪らしい。

そして、そのせいでランチタイムのカフェテリアはざわざわとして落ち着かなくなってしまった。

「……ジルベール殿下は面白いな。俺もプウチャンに加護をかけてもらってみたい」

「ヴィーク……」

ヴィークの言葉にクレアもつい顔が引きつる。

──そんな茶番を繰り広げるジルベールと一行を、皇女ベアトリスは興味深く見守っていたのだった。


それから数日後。レポートの提出日まであと三日と迫り、生徒たちの間にはピリピリとした空気が漂っていた。

このセミナーハウスに来たばかりの頃は友人同士で過ごす時間を楽しむような空気があったが、今は全くそんなものは感じられない。

卒業がかかっているのだから、なおさらである。

クレアも遅い時間まで研究室に残る日々が続いていた。そうして、白い紙にペンを走らせ、最後の一段落を書き終える。

「やっと終わったわ……！」

このセミナーハウスに到着した日に資料集めを始めたクレアは、皆よりもレポートの進みが速かった。この研究室でも、一番に書き終えたことになる。

レポートを書き終えて一つ伸びをすると、ディオンが隣の机ですやすやと眠っているのに気がつく。

(ディオンももう少しで終わるって言っていたものね。きっとここ数日はレポート漬けだったんだわ)

窓の外はすっかり暗くなっている。

この研究室にはクレアのほかにも数人の生徒が残っていて、ヴィークも離れた席でレポートを書いていた。

まだ集中しているのだろう。声をかけるわけにはいかなそうだ。

そろそろディオンを起こそうか迷っていると、研究室の扉がノックされた。

研究室の扉をわざわざノックしてくるのは、先生でも同じグループの生徒でもない。ほかの研究室を使用している生徒か、部外者である。

(セミナーハウスに部外者は立ち入れないから、誰かの友人かしら)

そう思って扉を開けると、意外な人物がいた。

「クレア嬢。ちょっと話さないか?」

しっかり部外者の、ジルベールだった。

(わざわざ呼び出すなんて、もしかしてベアトリス殿下のことで新しい情報でもあるのかしら)

ジルベールには、ヴィークたちにベアトリスのことを話した、と伝えてある。

もし新しい情報が理由で呼び出された場合、同じ部屋にいたヴィークも一緒に呼び出すはずだ。ならばどうして。

不思議に思いつつ、クレアはジルベールの誘いに応じることにした。

レポートの執筆をしている皆の邪魔にならないよう、クレアはジルベールを部屋のすぐ外に設置されたベンチに案内した。

「クレア様、いやクレア嬢のレポートは順調？」

「？　はい」

自分の名前を二度呼んだジルベールに違和感を覚えつつ、クレアは頷いた。

「実は、この卒業試験でどんなレポートが提出されるのか気になっているんだ。もしよかったらクレア嬢のものを見せてもらえないかな」

「……私のレポートを？」

「ああ。今回の私の訪問はパフィート国の王立学校について勉強するためだと知っているだろう？　生徒たちがどんなレポートを提出するのか見たいんだ」

「どんなレベルのものが集まるのか知りたい、ということでしょうか……？」

ジルベールらしくない真面目な要望に首をかしげると、彼は満足そうに頷く。

「そうなんだよ。パフィート国の王立学校のレベルの高さはよく知られているだろう。我が国の教育レベルが追いつくためにどうすればいいのかがレポートを見ればわかるんじゃないかと」

「承知しましたわ」

（ジルベール殿下がおっしゃることはわからなくはないけれど、さすがに提出前のレポートをお見せするわけには）

そう思ったクレアは提案をする。

「でしたら先生にお願いをして、全ての試験終了後に成績優秀者のレポートを複数見せてもらうのはいかがでしょうか。私のレポートにはまだ成績がついていません。ジルベール殿下の望みを満たすものではないかもしれませんから」

「!? いや、それは」

クレアとしては悪くない提案だと思ったのだが、ジルベールはなぜか戸惑っている。

その姿に、クレアはどこか違和感を覚えた。

（少し様子がおかしいような。何よりも、こんな真面目な会話は少しジルベール殿下らしくない気がするわ）

別に馬鹿にしているわけではないが、いつものジルベールを思えば当然の疑問である。

ナチュラルにそう思ったところで、ジルベールはクレアが不思議そうな目で見ていることに気がついたようだった。

「いや、正直に言うと……レポートの提出期限は三日後だろう？　私も一応はルピティ王国の王子として高等教育は受けている。クレア嬢のレポートの手伝いができればと」

「？？？」

「だから見せてくれないかな。レポート、完成間近なんだろう？」

「……」

にこやかだが、執拗《しつよう》に『レポートを見せてくれ』と繰り返すジルベールに強い違和感を覚える。

（やっぱり様子が変だわ。てっきり『バッドエンドを防ぐ』ことについてのお話かと思ったのにそうではないみたい）

違和感が重なって警戒感を強めたクレアに、ジルベールは何も気づいていないようで、変わらずに人懐っこい笑顔で告げてくる。

「ああ、もしかして遠慮しているのかな？　大丈夫、私はただクレア嬢の友人としてサポートを申し出ているだけなんだ。そうだ、今度のパーティーの夜は一緒に過ごせるのが楽しみだな」

「……」

ジルベールがポンコツだというのは、本人を含めた周囲全体の共通認識のはずだ。それなのにこの申し出は一体何なのだろうか。

しかもジルベールが仲良くなりたいのは、クレアではなくリュイのはずである。真っ先にリュイをパーティーに誘いたいはずなのに、クレアとの時間を望んでいるとは。

(ジルベール殿下、もしかして)

これ以上ない違和感に包まれたクレアが立ち上がったところで、声がした。

「クレア」

そこにはさっきまで研究室の中でレポートに集中していたはずのヴィークがいた。

何やら険しい顔をしている。

けれど、自分も同じ表情をしている気がする。

ほんの少しだけホッとすると、隣のジルベールも慌てて立ち上がった。

「これはこれはヴィーク殿下。まだいらっしゃったのですね」

「貴殿はクレアの良き友人だと思っている。だが、これはどういうことだ?」

「その良き友人が勉学について手助けをし、交流を深めるのはそんなにおかしなことでしょうか?　それではクレア様との溝も埋まらないのでは?」

「質問を変える」

笑顔で煙に巻こうとするジルベールに向け、ヴィークは厳しい表情で続けた。

「――今日はどうしてプウチャンを連れていない?」

「そっ……それはプウチャンは夕食の時間なんですよ。部屋でベリーの実をお腹《なか》いっぱい食べているんじゃないかな。だが、私は今はお呼びではないようですね。今日のところはこれで失礼いたします」

ジルベールはそう言って踵を返し、足早に去っていく。

それを見ながら、ヴィークがもどかしそうにクレアに問いかけてくる。

「クレア、禁呪を見破る方法はないんだよな」

「使う瞬間に目が赤くなるようだったけれど……さすがに入れ替わってしまってからでは無理だわ」

「気がつかなくてすまない。何もなかったか?」

ジルベールが去った廊下を厳しい目で見つめていたヴィークが、クレアの方に視線を戻す。その仕草に、同じことを考えていたのだと察してほっとした。

「ええ、私は大丈夫よ。ただレポートの話をしに来ただけみたい。……いつものジルベール殿下は決してしないような内容のお話をしただけ」

「俺も、ジルベール殿下とクレアが二人で会話をしているだけなら違和感はなかったんだ。でも、クレアが明らかに戸惑っていたから声をかけた」

「ありがとう。……今のは、ジルベール殿下ではないような気がするわ」

暗にあれはベアトリスが入れ替わったものだと口にすれば、ヴィークも同意した。

「俺もそう思う。だが、我が国で禁呪を使った現行犯としては捕らえられない。入れ替わる瞬間を見たわけでもなし、しかも相手はルピティ王国の第二王子とイーグニス皇国の皇女だ。確実な証拠もなしに捕らえれば、三国間の摩擦を生む」

（ええ。確かにヴィークの言う通りだわ）

相手は皇女なのだ。慎重に動く必要があるし、状況証拠だけでは言い逃れをされる可能性が高い。

「今のうちにベアトリス殿下の姿をしたジルベール殿下を見つけられればいいのだけれど……追いかけて現場を押さえられないかしら」

「きっと対策済みだろう。ジルベール殿下は眠らされ記憶を曖昧にする薬でも盛られているんじゃないか。……なるほど。こうやってこんなに頭が回るなんて、あの皇女の後ろにいるのは皇太子か。面倒だな」

真剣な表情で考え込むヴィークにクレアも心の中で同意する。

（この前、カフェテリアでジルベール殿下は加護をかけていないと宣言したわ。彼は加護のかかった制服も着ていないし……ベアトリス殿下が狙いを定めてもおかしくない）

そう思ったものの、クレアには引っかかることがあった。それは。

「今のがベアトリス殿下だったとして、一体私のところに来て何がしたかったのかしら？私が何か重要な情報を持っていると……？」

そう聞けば、ヴィークはほんの少し遠い目をしてため息をつく。

「そんなに難しいことではないと思う。ジルベール殿下とクレアを近づけて俺に不信感を抱かせる……つまり、根底にはパフィート国王家に取り入りたいとかそういう政治的な思惑があるのだろう。こうならないように牽制したつもりだったが……無駄だったか」

その言葉にクレアは、ベアトリスとの初対面の日、ヴィークがここまで先回りして行動していたのだと知った。

(だからヴィークは大勢の前で私が婚約者だと紹介したのね。思えば、ヴィークの行動は不自然だったわ。それなのに、私は『夢で見た未来』のことばかり考えて……婚約者失格だわ)

「ごめんなさい。私は何もわかっていなかったんだわ」

「クレアが謝ることはない。それではここから俺が挽回できないと思われているみたいじゃないか？　……それにしても、不思議なところはあるよな。どうして、今日、このタイミングで、とか」

「ええ。私とジルベール殿下を接近させてヴィークからの不信感を煽《あお》るにしても、『レポートを見せてもらえないか』なんておかしすぎる用件だもの」

ヴィークが感じている疑問は、クレアも心の底から同意するところだった。

けれど、優しく頼もしいヴィークの姿を見ていると、張り詰めているものが緩む気がした。

クレアとヴィークから疑いの目を向けられ、慌てて研究室前のベンチを立ち去ったジル・・・ベールは、やっと自室にたどり着いた。

周囲を慎重に見回して誰もいないことを確認した後、扉を開けて素早く部屋に入り込む。女子の部屋に入り込むところを見つかったら大変だ。

(まぁ、この人なら問題ないだろうけれど)

ジルベールは王立学校の生徒ではないから加護が備えつけられた制服を着ていない。

その上、どうやら王族なのに国外へ出るのにポンコツで魔術師をつけてもらえなかったらしい。

加護で守られていない王族なんて、ベアトリスにとっては最高の入れ替わり相手でしかない。

最上級の権利を持っている人間の中に入れれば、できることの範囲も広がるし、兄が喜ぶからだ。

部屋のベッドの上ではベアトリスが眠っている。

側では、ネリと数人の取り巻きたちが待っていた。ジルベールの外見をしたベアトリスに声をかけてくる。

「ベアトリス様、おかえりなさいませ」

「首尾は上々のようね。ありがとう」

彼女たちは、ただベアトリスを手伝うように言われて国から送り出されているだけだ。

忠誠を誓っているのはベアトリスではなくベアトリスの兄、皇太子。

だから、今ジルベールと入れ替わったベアトリスがしてきたことは、全て皇太子の指示によるものだと思っている。

（今日のはちょっと違ったのだけれど、まあいいわ。だけど、ヴィーク殿下とクレア様はジルベール殿下の様子がおかしいことに気がついたようだったわ。そんな些細《ささい》な違いを察知するほどこの三人が仲良しだったなんて意外）

そんなことを考えながら、ベッドの上で眠っている自分の手を取る。側には薬品を含ませたハンカチが置いてあった。

「分量は？」

「ご指示の通り、強めにしてあります」

「そう、ありがとう。この人に関しては特にバレたら困るのよね。王子様だから」

ベアトリスが入れ替わりの相手に使っているのは、記憶を曖昧にする効果を併せ持つ眠り薬だった。

ネリたちのように体を差し出してくれる人間に使う必要はないが、そうでない場合はこうやって入れ替わった瞬間にハンカチを嗅がせ、眠らせる。

対象者は目覚めたとき、何が起きたのか覚えていない上に前後の記憶が曖昧になるというしくみだ。

ちなみに、この前のレスリー先生のように入れ替わりに失敗したときは、記憶を曖昧にする薬だけを嗅がせる。

もちろん、どちらもしっかりと加護で守られている相手に対しては効果がない。

(この前、カフェテリアでジルベール殿下が加護をかけていないことを知ったからこそできたのよ。加護付きの制服を着ていないからやりやすいし……それを利用して私はジルベール殿下になりすましてクレア様に会いに行ったの)

そうして、手を握って禁呪を発動させる。

この感覚を魂が浮くと表現するのならそれが正しいとも思う。何ともいえない浮遊感といろいろな感覚が入り混じり、意識が遠くなっていく。

——数秒後、ベアトリスはベッドの上で目を開けた。ベッドサイドには、ネリたちに支えられて気を失ったままのジルベールがいる。

まだしばらくは目覚めないだろう。

「彼を部屋に運んで。見つからないようにね」

「白いフクロウはどうしましょうか。彼を捜しているようでしたので、ベリーの実を大量に与えておきましたが」

「気が利くわね。まだそのままでいいわ。あの白いフクロウはお腹がいっぱいになれば、そのうち勝手に主人のことを見つけるだろうし」

「かしこまりました」

ネリたちが命令に従いジルベールを木箱に入れて運び出していく。

それを見送ったベアトリスは、自室の扉を閉じて今日のことを思い出す。

「ジルベール殿下になり替わってクレア様のレポートに手を出そうと思ったんだけど、邪魔が入ってしまったわ」

今日のベアトリスの目的は、完成間近のクレアのレポートを見せてもらい、台無しにすることだった。その理由は。

「私がヴィーク殿下と婚約する可能性を残すには、クレア様に卒業試験で優秀な成績を修められたら困るのよ。彼女が大国パフィートの王子様・ヴィーク殿下の婚約者として至らない存在でないと、どんなに二人の仲が悪くてもなかなか婚約解消は難しいだろうし」

もともとのクレアの成績がどうなのかはわからない。

けれど、クレアの行動を異質とするベアトリスの推測では、彼女の成績はそんなにいいものではないはずだった。

だから、完成間近のレポートを見せてもらい、目を盗んでそのうちの数枚を隠してしまえばいいと思った。そうすればクレアのレポートは条件を満たさないものとしてあっさり落第になるだろうと思ったのだ。

「でも失敗しちゃったわ。まぁ、何もしなくても落第になる可能性はあるだろうけど。そっちに賭けるしかないか……」

はぁ、とため息をつくベアトリスの部屋の机の上には、パフィート国の王宮から送られてきた立太子の式典への招待状に添えられていた手紙が置かれている。

「それに、留学した先で大国の王子様に見初められて婚約、なんて話は女の子たちの憧れだけれど、実際には悲劇でしかないもの。身分が低いお家出身のクレア様がヴィーク殿下と婚約をするに至った経緯はよくわからないけれど……。出自がいまいちなクレア様は断れずに悲しんでいるに違いないわ。かわいそう」

この手紙をとても気に入っているベアトリスは、わざわざここまで持ってきたのだ。手に取れば、何度も読み返した文言が思い浮かぶ。

――『留学生活は大変なことも多いでしょう。ですが、この国でのベアトリス殿下の滞在がよりよきものになりますよう、陰ながらお祈りしています』

形式的なものだとわかってはいる。

けれど、兄である皇太子の駒として使われ、本当の友達もいないベアトリスはこんな言葉をかけられたのは初めてだった。

（お兄様はどんな手段を使ってでもヴィーク殿下に取り入るようにおっしゃるけれど、私は殿下にあまり好かれていないわ。平民出身で教養がないと馬鹿にされる私でも、それぐらいはわかるのよ）

これまで、手紙は死ぬほど送った。

あまりにも返事がないので、半ばヤケクソで送った。

すると、まとめて返事が返ってくることがわかった。この返事を書いているのはきっとヴィークの側近の誰かなのだろう。

美しい字で書かれた味気ない言葉を見てため息をつく日々。

そんな中で、ある日、同じように美しい字で書かれたものの、温かみがある手紙が送られてきたときの興奮といったら。

いつもと筆跡が違うので、ヴィークが書いてくれたのかと思った。

しかし、この卒業試験会場に来て知った。

この手紙を書いたのはクレアというノストン国からの留学生で、しかも彼女はヴィークの婚約者なのだという。

それを知ったとき、いろいろな感情に呑み込まれそうになった。けれど最後に残ったのは、嫉妬ではなかった。憐憫《れんびん》の感情である。

「私よりもかわいそうなクレア様を自由にして差し上げたい。禁呪を持つせいで私はイーグニス皇国の皇宮から逃れられないけれど、クレア様はそうじゃないんだもの。そうね、結婚されるのがルピティ王国の第二王子あたりならきっと大丈夫なんじゃないかしら？」

――今日の入れ替わりがうまくいっていれば、クレアのレポートを台無しにしつつ、ヴィークとクレアの仲に決定的なヒビを入れられたかもしれないのに。

コンコン。

そんなことを考えていたところで、ドアをノックする音がした。

「はい？」

扉を開けると、ネリがいた。ジルベールを無事に部屋に運び終えました、と報告しつつ教えてくれる。

「皇太子殿下とお母上からそれぞれお手紙を預かっております。できるだけ早く読むようにとの仰せです」

「……わかったわ。ありがとう」

ネリはまるでベアトリスのからの礼など気にも留めないという風に温度なく微笑み、膝を軽く曲げて令嬢の挨拶をする。

そして、夜の廊下に消えていく。

それを見送りながら、ベアトリスは受け取ったばかりの手紙を握りしめた。

(お兄様からの手紙……。また無茶な依頼が書いてあるのかしら)

手紙は二通。一つは兄からで、もう一つは田舎で暮らすベアトリスの母親からだ。

嫌なものは早く見てしまおう、ということでベアトリスは兄である皇国の皇太子・マクシムからの手紙の封を切る。

いつも通り中身は一枚だけ。

異国で間諜としての生活を送る異母妹を気遣う言葉すらなく、用件だけが書かれた味気ない手紙だ。

「ええと、――〝この二週間でヴィーク殿下とどれぐらい親密になったか報告せよ〟、って……そんなの報告できるはずないじゃない……」

いきなり途方にくれる命令が目に入り、ベアトリスは絶句する。

ベアトリスとヴィークは卒業試験のために同じセミナーハウスで過ごしているというだけの関係だ。

この合宿が始まった当初は張り切って仲良くなろうとしたものの、見事なまでに完璧な拒絶をされてしまった。

つまり報告できるものなど何もない。

（でも、もし現状をそのまま報告したらお兄様が何とおっしゃるか……）

ベアトリスは皇太子の剣幕を想像して青ざめる。

義兄マクシムはイグニール教という新興宗教に陶酔し国を捧げるつもりでいる。

それに反対する国内の敵対勢力に優位に立ち回るため、皇族として大国パフィートとの揺るぎない繋がりを作っておきたいらしい。

ベアトリスはそれがいいことなのかはわからない。しかし、立場を考えると逆らうことはできない。

兄が言うことには大人しく従うのみだ。

ベアトリスは間諜でありながらも、パフィート国と繋がりを持つための駒でもあるのだ。

正直、自分には荷が重すぎるのではと思わなくもない。けれど、兄が言うのだからやらねばならなかった。

国のはずれの貧しい田舎町で生活に窮する毎日には戻りたくない。

（お母さんの生活がどうなるかだって私次第なんだもの）

そんなことを考えながら、今度は母親からの手紙を手に取り封を切る。

すると、義兄からの手紙とは正反対の分厚い手紙の束が出てきた。

まともに読んだら数時間はかかるのではないかという量である。

（お母さん……元気かな）

大好きな母親からの手紙。

ベアトリスの母親は、国のはずれの貧しい田舎町でベアトリスからの送金に頼って暮らしている。

出自が卑しいとはいえ、皇女の産みの母なのだ。だから、母も一緒に皇宮で暮らせるように頼んではみた。

けれど義兄がいい顔をせず、陳情が皇帝まで届くことすらない。

それこそが、今のベアトリスの立場そのものである。

（私はお兄様からの命令には完璧な形で応えなくてはいけないわ。そのために、この卒業試験でいい成績を修めて、ヴィーク殿下の婚約者の座につくきっかけにするのよ）

どこからともなく、黒い感情が湧き上がってくるのを感じる。

不気味な感覚に両腕を抱え込むと、その感情は引き潮のようにゆっくりと消えていく。

けれど、またいつ襲ってくるともしれず、不安は強くなった。

決意を新たに手紙を抱きしめたベアトリスの手は、わずかに震えていたのだった。

第二三章

三日後、レポート提出期限の日の夜。

予定通り、王立学校のセミナーハウスとして使用されている古城の大広間では華やかなパーティーが催されていた。

生徒たちは皆、盛装に身を包み、束《つか》の間の息抜きの時間を楽しんでいる。

大広間にはゆったりとした音楽が流れ、中央では婚約者同士として知られる数人のカップルがそこでダンスを踊っている。

それをぐるりと取り囲むように、多くの生徒たちが談笑をしていた。

皆表情は晴れやか。ここ数日の、レポート提出前でピリピリとしていた生徒全体の空気がまるで嘘のようだ。

賑やかな会場を眺めながら、クレアとヴィークはドニとディオン、リディアを引き連れ、テラスで楽しいひとときを過ごしていた。

けれど、クレアは少し違う。

「この後は三日間の休日を挟んで、学科試験もあるのに……。皆、きちんと切り替えていてすごいわ……。というか楽しめない自分が情けない」

本当はベアトリスの動向が気になるところだったが、今は何も知らないリディアが一緒にいるため、あからさまに確認するわけにもいかない。

そして、真面目すぎる性格のせいでクレアの切り替えはあまりうまくいっていなかった。けれど、ヴィークは向こう側の人間のようである。

「どんなに焦ったって試験は数日後からなんだ。しかも試験の内容は付け焼き刃でどうにかなるようなものじゃない。それなら今夜は楽しんでもいいんじゃないか？」

「確かに……その通りなのだけれど」

頭ではよくわかりつつもいまいち乗りきれないクレアを見て、同行していたドニとディオンは顔を見合わせて笑う。

「懐かしいな～？　僕は二年前、この日の夜に遊びすぎちゃって翌日二日酔いだったんだよね。リュイはパーティーの後も翌日もその次の日もずっと勉強してたけど」

「クレアの学科試験がまずいなら、僕はどうしたらいいの？　一応準備はしてきたけど、レポートも試験も、クレアが本気で心配してるから自分がいたたまれない気分だなぁ」

「ディオン!?　そんなつもりでは」

慌てて否定しようとすると、リディアが微笑んだ。

「クレア様のお気持ちはよくわかりますけれど、今日は試験のことは忘れて楽しみましょう？　……と言いつつ、私、クレア様が研究対象にしていた大きな魔道具について知りたいと思っていたんです」

「あ〜、その話題はヴィークがご機嫌斜めになっちゃうからやめた方がいいかも？　リディア嬢？」

ドニに話題に出されたヴィークはグラスを手に持ち、不満そうな顔をしている。

「それぐらいなんてことないぞ。あのクローゼットはただの巨大な魔道具というだけだ。……持ち主は元婚約者でもな」

「ヴィーク、そのことは本当に……」

やはり気にしていたのか、と蒼《あお》くなったクレアだったが、ヴィークの発言は冗談だったようだ。

「あのクローゼットのことは俺も気になっていたんだ。ノストン国の王家に伝わる特別な魔道具なのだろう？　どんな仕掛けがあるんだ？」

「レポートのために調べていて発見したのだけれど、ただ無限にものが入るだけじゃないの。魔力を使って『鍵』を起動することで普通のクローゼットにもなるし、絶対に燃えたり壊れたりしないの」

「……それはまるでシェルターだな」

驚いたようにグラスから口を離したヴィークに向け、クレアは頷いた。

「ええ。もしかして、遠い昔にそのような使い方をするために作られたものなのかもしれないわ」

「アスベルト殿下の私物だったのも納得だな。ずっと王族に受け継がれていて、受け継がれているうちに戦争がない平和な世の中になり、ただの大きくて豪奢な箱になったというわけか。宝の持ち腐れという人間もいるかもしれないが、……理想的ではあるな」

「そうね。もう少し調べる時間がほしかったわ」

そう呟くと、ヴィークがほんの少し拗《す》ねたような笑みを浮かべる。

「しかし、クレアが今一番興味を持っているのが元婚約者のクローゼットか。俺も同じクローゼットを作らせて贈ろうか？」

「ヴィーク？」

意味がわからない。目を瞬いて隣を見上げると、ヴィークの頬にはわずかに朱がさしていた。

「レポートは終わったんだ。アスベルト殿下の話は終わりだ」

（……なるほど……）

どうやらヴィークは冗談に変えつつも、半分は本当にクレアが元婚約者に借りた魔道具を熱心に研究していることに妬いていたようである。

テラスに冷たい秋の風が吹く。

けれど、大広間の熱気がテラスにも流れ込んでくるおかげで全く寒さは感じない。

いつの間にか、ディオンやリディアたちはテラスから姿を消していた。

もちろん近くにはいるはずだが、きっと気を利かせて二人きりにしてくれたのだろう。

テラスから大広間を眺めていると、見知った顔の生徒たちが音楽に合わせて楽しげに踊り語らう姿が視界に映る。

王立学校の制服でも、卒業試験用の制服でもないその姿に、何となく卒業後のことを想像してクレアは笑った。

「二年間ってあっという間なのね」

「だな」

王立学校は多くの貴族令息・令嬢が通う場所だ。

特に、クレアやヴィークは卒業した後も同窓生と顔を合わせることは多いのだろう。

クレアが今夜のパーティーの光景に卒業後の未来を重ねたことを、ヴィークはわかってくれているようだ。短い相槌《あいづち》の後で続ける。

「クレアは二年次に編入してきたが、一度目のときのことも含めると実際には王立学校に通ったのは二年より半年長い二年半、だな?」

「そうね。……一度目のときは必死すぎて無我夢中だったわ。イザベラ様の家庭教師がメインだったし。でも、レーヌ男爵家での毎日は新鮮で楽しかった」

そう告げると、ヴィークは微笑みを向けてくる。

「じゃあ俺とはどうやって仲良くなったんだ？　今のように王宮の中に住んでいたわけでもないんだよな」

「ヴィークはレーヌ男爵家に毎日のように遊びに来ていたのよ？　信じられないでしょう？」

「毎日、って……一体どこにそんな時間が」

ヴィークは屋敷の門をくぐりエントランスからやってくる一般的な訪問を想像しているらしかった。

その前提だと「一体どこにそんな時間が」という感想が出るのは当然のことだったが、実際にはそうではない。

「……」

「そんなにかしこまった約束ではなくて、ヴィークはお庭から遊びに来ていたの」

「毎日会ってはいたけれど、過ごす時間は紅茶一杯ぶんよ」

「……え」

やっとクレアの言葉の意味を理解したらしいヴィークが目を泳がせている。

「待て？　クレアから俺が窓から訪問したというような話を聞いたことはあったが……それが毎日？」

「ええ」

「先触れも取り次ぎもなく庭を突っ切って、窓から会いに行くのが毎日？」

「ええ、そうよ」

繰り返し確認してくるヴィークに、クレアが「詳しく話したことはなかったかしら」と首をかしげると、彼は苦笑いを浮かべた。

「まさかそんな頻度だとは。しかもなかなか問題行動だが……自分ならやりかねないのが悔しいな」

「そうでしょう？　だって、どちらもあなたなんだもの」

「そのクレアと俺の姿を見てみたいな。少しというかかなり羨ましい気もする」

ヴィークの願いは到底叶うことがないものだ。

けれど、クレアがヴィークに惹かれるきっかけになった時間のことを理解し、知りたいと言ってくれるヴィークの優しさに心が温かくなる。

「そうね。私も懐かしいし、今のヴィークと一緒に見てみたいわ」

そう答えれば、ヴィークは満足そうに話題を変える。

「……クレアが卒業試験を受けるのも二度目だったら、明後日からの学科試験も楽勝だったんだけどな」

「もう、ヴィークったら」

そんな会話を楽しんでいるうちに、顔を赤くしたリディアが二つのグラスを手にテラスへと戻ってくる。

「クレア様！　こちらのお飲み物は召し上がりました？　お酒が入っているのですが、甘くておいしいですわ」

「ありがとうございます、リディア様」

（お酒だわ……）

リディアに渡されたグラスを受け取ったものの、クレアには口をつけるのを少しだけ躊《ちゅう》躇《ちょ》してしまう。

一度目の人生、パフィート国にやってきて自分の母親が亡国の王女だと知った日の夜。クレアは慣れないお酒を口にして酔い、隠していた出自を全部話してしまったのだ。

そのことを深く反省したクレアは、それ以来めったにお酒を口にしていない。

（普段、お酒は飲まないことにしているのだけれど。学校の行事で生徒にアルコールが振る舞われるのもこの世界ならではね）

グラスを持って戸惑っているクレアに気がついたドニが、人懐っこい笑顔で後押ししてくる。

「クレアは普段はお酒を飲まないけど、たまにはいいよね～？　今日は試験に一区切りがついたお祝いのパーティーだし、飲んじゃいなよ」

「……そうね。今日はいただきます。わぁ、いい香り……⁉」

早速飲んでみると、桃の甘い風味の後に柑橘《かんきつ》の爽やかな香りが口いっぱいに広がる。

リディアが言う通り、甘くてジュースのようなおいしさだ。

目を丸くしたクレアに、グラスを持ってきてくれたリディアも満足げである。

「ふふっ。おいしいですわね。私、こうしてクレア様と夜会でご一緒するのが楽しみだったんです。普段はなかなかそういうわけにはいきませんから」

「リディア様……」

リディアの言葉に、この卒業試験の合宿の日程が発表されたとき、彼女がとてもうれしそうにしていたことを思い出す。

（その通りだわ。だって普段、リディア様と王宮での夜会でお会いすることがあってもご挨拶しかできないもの）

侯爵令嬢のリディアは王宮に出入りしているが、高位貴族だけに振る舞いも徹底している。王立学校の友人と気安く過ごすことは許されないのだ。

リディアはこれ以上なく楽しい、という表情で続ける。

「お部屋はそれぞれ個室だけれど、毎日クレア様とずっと一緒に試験を受けて食事をして、同じ寮に戻って眠るのはとても新鮮で楽しいですわ。こんな経験、卒業したらもう二度とありませんから」

「その通りですわね。私もリディア様とこんなに長い時間一緒にいられてとても楽しいですわ。今夜は楽しみましょう」

卒業試験を無事に終えることばかり気にしていたが、この合宿が終わればあとは卒業を待つだけだということを思い出したクレアは、リディアに向けてグラスを掲げる。

(試験を恥ずかしくない成績でクリアすることばかり考えていたけれど、王立学校での生活も残りわずかなんだわ)

楽しいパーティー会場にいるはずなのに、しみじみと寂しくなってくる。

会話を聞いていたヴィークやディオンも同じ気持ちのようで言葉少なだ。

唯一、王立学校の卒業生であるドニがしんみりしかけた一同に笑顔を向けてくる。

「皆、かわいいね。卒業してもまたほとんど同じメンバーで過ごすことになるけど、王立学校の同窓生は特別だから。思う存分楽しみな～？」

「ドニが珍しく年上っぽいことを言ってるな」

「ヴィークこそ。王立学校の合宿に同行して、こんな澄ました王子様ぽい過ごし方してるのに驚いたんだけど？　普段の姿と違いすぎるよ～？」

「……うるさい」

ヴィークとドニの会話に笑いが起きる。

そうして、クレアが普段飲み慣れていないカクテル入りのグラスは空になり、楽しい夜は更けていったのだった。

その夜。

パーティーが終わり、寮の自室へと戻ったクレアは寝支度を整えていた。

湯浴みを済ませて髪をタオルで拭き乾かし寝間着へと着替え、左手首のブレスレットに手をやる。

以前、眠っている間にこのブレスレットが盗まれたことがあった。

それ以来、クレアは眠っているときはもちろん湯浴みのときでさえブレスレットを外すことがなくなった。

外すのは、布で拭いて手入れをするときのみである。

（手入れをしたいけど、眠さに勝てないかもしれないわ……）

さっきまでのパーティーで慣れないお酒を飲んでいたせいか頭がぽーっとして足元がふわふわする。

今日はもうだめだ。ブレスレットの手入れは明日にして早く寝てしまおう、とベッドサイドに置いてあった魔道具の香炉を両手に持つ。

そこで、コンコンと寮の部屋の扉を叩く音がした。

（……こんな時間に誰かしら？）

今日のパーティーは長時間に渡って行われたため、時計の針は深夜を指し示している。

立ち上がり扉まで行き外の様子を窺ってみると、そこに見えたのは。

（……ベアトリス様だわ）

クレアの部屋の扉の前にベアトリスが立っている。

パーティーで着ていたドレス姿のままなので、部屋に戻って着替えていないのだろう。

今日のパーティー。てっきりクレアはベアトリスが何らかの接触を仕掛けてくるものと思い、警戒していた。

けれど、ベアトリスは意外なことに最初に挨拶を交わしたきりだったのだ。

その後は、終始離れた場所で楽しそうに過ごしていた。

だからクレアは内心無事にパーティーが終わったことを安心していたのだが、どうやらそうではなかったようだ。

「クレア様。クレア・マルティーノ様。お話があってまいりました」

クレアを呼ぶ声が深夜の廊下に響いている。

その鈴の音のようなかわいらしい声が、今日ばかりは不気味に聞こえた。

（明日は休日とはいえ、こんな時間に訪問してくるなんておかしいわ）

しかし、この部屋には明かりがついていて扉の隙間から漏れていることだろう。

居留守や寝たふりをするのはどう考えても無理だった。

ということで、クレアは念のため加護をかけ直して応対することにする。

全身に魔力をまとわせると、ゆらゆらとした感覚がいつもより目立つ。

自分の体と魔力の境目がはっきりしないような、そんな不思議な感覚だ。

きっと、アルコールが回っているせいだろう。

（お酒に酔った状態で加護をかけるのは初めてだわ……）

そんなことを思いながら扉を開けると、そこにはにこりと可憐に微笑むベアトリスの姿があった。

「ベアトリス様、こんな時間にどんな御用でしょうか？」

そう問いかけた瞬間に、あることに気がついた。

（ベアトリス様の、目が赤い）

と同時に、自分が祖母の形見の香炉を抱えたままだったことを思い出す。

そして、ここ数週間の間に繰り返し見た夢の内容がフラッシュバックする。

◇

カシャンと耳障りな音をたてて、白い陶器が粉々に砕け散った。

床に散らばった破片が映し出された後、その先で佇む一人の令嬢。

彼女は白い顔をし、表情が完全に抜け落ちている。拾った欠片の一部で怪我をしたのか、指先から血が流れている。

『こんなもの、なくなってしまえばいいんだわ。誰かにしか使えない魔道具なんて意味がないの。これをもとに戦争が起こることもあるでしょう？　だったらない方がいいんだわ。私が壊してあげたの』


夢の中でのベアトリスの声が響く中、クレアは香炉を抱きしめる。

（――そうだわ。ベアトリス様は夢の中でこの香炉を割ろうとしていた）

思ったときには、ベアトリスの手はクレアの腕に触れていた。

彼女の赤い瞳と、貼りつけたような不自然な笑みが不気味で、全身に緊張感が走る。

「……！」

バチバチと、何かを弾くようにして加護が働く感覚。以前にも感じたことがある不快感にクレアは反射的にぎゅっと目を瞑《つむ》る。

その瞬間、何かが倒れるような音がした。

クレアは恐る恐る目を開けてみる。

すると、そこにはベアトリスが床に倒れていた。完全に気を失っている。

「ベアトリス殿下⁉」

慌てたクレアが悲鳴を上げると、ベアトリスの取り巻きの女子生徒たちが急に現れた。きっと、廊下の角にでも隠れて様子を見守っていたのだろう。

「失礼いたします。……ベアトリス様。ベアトリス様！」

ベアトリスに『ネリ』と呼ばれていた女子生徒がクレアから守るようにしてベアトリスを抱き起こす。

青ざめて額に汗を浮かべている姿を見ると、これは完全に予想外の事態なのだろう。

ベアトリスの名前を呼ぶ以外、ネリは何も喋《しゃべ》らない。そして、ベアトリスの意識も戻らなかった。

心配そうにベアトリスを抱え、ほかの女子生徒に助けてもらいながらこの場を去ろうとするネリに、クレアは声をかけた。

「お待ちください。ベアトリス殿下が倒れられたのは、私の加護が発動したからだと思います。お話を聞かせてください」

「――それは。……私たちには何もわかりません。私たちはただ、深夜の訪問に付き添っていただけですので」

「いいえ。ベアトリス殿下が私に何らかの魔法をかけようとしたのは明白ですわ。このままお帰しするわけにはいきません」

「何のことだか」

ネリは、目を泳がせながらもクレアを何とか煙に巻こうとしている。

そして、彼女が手に持っている小瓶には見覚えがあった。クレアはネリの手からスッとその小瓶を抜き取る。

「この瓶、失礼いたします」

「あっ」

狼狽《うろた》えるネリの前で、クレアは躊躇することなく小瓶の蓋を開けた。

薬品のような匂いが漂い、これは眠り薬か何かなのだろうと簡単に推測できる。

(ということは、やはり今ベアトリス殿下は私に入れ替わりの禁呪を仕掛けたのね)

卒業試験合宿初日に見たレスリー先生との密会や、完全に不審者と化したジルベールの研究室へのクレア名指しでの訪問。

これらは全てベアトリスは現行犯ではなかった。

けれど、今回は言い逃れはできないだろう。

真っ白い顔をして数人の女子生徒に抱えられたベアトリスにちらりと視線を送ってから、クレアはネリに小瓶を差し出した。

「今ここで、この瓶の中身を飲むことはできますか」

「……っ」

ネリの唇は震えている。

恐らく彼女はベアトリスの協力者というだけなのだろう。

ベアトリスが倒れている今、彼女に矛先を向けるのは違うかもしれない。

けれど、このまま野放しにするわけにはいかないし、捕らえるなら小瓶を見つめつつも受け取らないネリの反応だけで十分だった。

（ベアトリス殿下は私に入れ替わりの『禁呪』を使おうとした。その結果、加護によって弾かれてしまったんだわ――ディオンのときと同じなら、ベアトリス殿下はしばらく目覚めない可能性がある）


「――それで、クレアは何ともないんだな」

「はい」

クレアは夜更けのヴィークの部屋に来ていた。もちろん、ディオンやドニも一緒だ。

あれからのネリたちは意外なほどに従順だった。

まず、クレアがヴィークの婚約者であること。

加えて、就寝直前の誰かによって加護をかけられていない時間帯を狙ってきたにもかかわらず、禁呪を弾いたこと。

この二つから、クレアの出自を自分たちの想定とは違うものと考えたらしい。

これ以上罪が重くなることがないよう、おとなしく従うことにしたようだ。

ということで、ネリは小瓶の中身を飲もうとはしなかったものの、クレアが呼んだディオンによって捕らえられ、先生と相談した結果、地下にある反省室に行かされることになった。

気を失ったままのベアトリスは医務室に寝かされていて、意識を取り戻し次第、先生たちが事情を聞くことになっているらしい。

クレアたちはベアトリスを先生と一緒に医務室まで運んだ後、セミナーハウス内のヴィークの部屋に集まっていた。

クレアから一通りの報告を受けたヴィークは考え込んでいる。

「ベアトリス殿下はどうしてクレアに禁呪を使おうとしたのか。話を聞いてみないとわからないが、ジルベール殿下と入れ替わっていたことにも何か理由があるのか」

「研究室に私を訪ねてきた日の後、ジルベール殿下には話を聞いてみた？　それ以来、私は会えていなくて」

「実は、俺もだ。なかなか捕まらなくて……ずっと暇そうにしていると思っていたが、視察のために卒業試験に来ているのは本当のことのようだな」

ジルベールがちゃんと仕事をしていることにクレアとヴィークが驚いたところで、ずっと話を聞いていたディオンが自重気味に笑う。

「ベアトリス殿下が倒れたのは、ほぼ間違いなく禁呪を弾いたからだと思うけど……かわいそうだね。僕にもものすごく覚えがあるもんな。しばらく眠り続けて、目が覚めたら皇国に叱られるんだろうな。うわー、悲惨」

「ここは王立学校よね。魔法系の科目の先生も同行しているし、ベアトリス殿下の魔力の流れを診てもらうわけにはいかないの？」

クレアの疑問に、ドニが王立学校の先輩らしく応じる。

「三日後から学科と実技の試験が始まるよね？　試験期間中、試験が行われる科目の先生と生徒の接触は例外なく禁止されてる。つまり、魔法系の科目の先生にベアトリス殿下の状態を診てもらうわけにはいかないんだ」

「国家レベルでの摩擦に繋がりそうな事態であってもか？」

「ヴィークもよくわかってるでしょ～？　王立学校の卒業試験は国から独立した位置にあるって。国の権力者が成績に介入できたら、採用試験は不正だらけになっちゃうからね。一応国王陛下に聞いてみてもいいと思うけど、裁可が下りるまでには時間がかかりそう」

「……リュイさえいればすぐに状態がわかったんだけどな」

ヴィークの言葉に、全員が口を噤《つぐ》む。

王宮にキースを連れ戻しに行ったリュイはとっくにセミナーハウスに戻っているはず

だったが、未だに姿を見せていない。

ヴィークも数度問い合わせを入れているようだったが、どうやらキースを貸し出した部署からいい返事をもらえていないようで、交渉が難航しているらしい。

(ベアトリス殿下のことも心配だけれど、リュイとキースのことも気になるわ)

そんなことを考えていると。

カタン。

天井が高い部屋に、何やら物音が響く。

「……私ならここにいるけど」

パタンと扉が閉まる気配がしてそちらに視線を送ると、外套《がいとう》を脱いでいるリュイがいた。今まさに外から戻ったというていでたちに、クレアは驚く。

「リュイ⁉　おかえりなさい！　心配していたの」

「クレアも無事でよかった。ベアトリス殿下の件は聞いた。ちょうど『扉』で王宮から戻ったところを先生に頼まれて、医務室で様子を診てきたところだよ。ヴィークたちとは入れ替わりになったみたいだね」

「さっすが。ま、先生たちもリュイの在学中の成績知ってるし、王子殿下の側近だもんね。特に魔法系のことでは頼りにされてる～」

「ただ、事態はあまり良くないみたいだけど」

リュイとドニのやり取りを聞いていたヴィークが口を開く。

「リュイ、ベアトリス殿下の状態を診てきたのなら、早速報告してくれるか」

「御意。……彼女の魔力は著しく消耗していたけど、流れ自体は正常だった。クレアの加護に弾かれはしたけど、目が覚めればいつも通りで禁呪が失われることはないと思う。ただ――意識が見当たらない」

（意識が見当たらない？）

ディオンの『禁呪』は魔力自体に変化を与えるものだった。だから、禁呪を反射されると自分の魔力にも変化が生じてしまう。

けれど、ベアトリスの禁呪はそういう類のものではない。

そのため、リュイの『目が覚めればいつも通りで禁呪が失われることはない』という言葉は予想の範囲のものだったのだが、最後に告げられた『意識が見当たらない』という表現を聞くのは初めてのことで、クレアは首をかしげた。

「意識が見当たらない――その理由は禁呪を弾いたからよね？　それでも、魔力が侵食されて昏睡《こんすい》状態になるのとは違うのかしら？」

一度目の人生でクレアがディオンの『魔力の共有』を弾いたとき、ディオンは魔力が蝕《むしば》まれたせいでしばらく昏睡状態になったのだという。

けれど今回はそのせいで目覚めないというわけではないようで、リュイも腑に落ちないようだ。

「ベアトリス殿下の体内の魔力の流れは正常で、体の状態も健康。だけど、魔力の流れを見るときに意識が反応しない。生きている人間ではありえないことなんだよね……どういうことなのかな」

「つまり皇女ベアトリスは仮死状態に近いと？　それはまずいな」

「そこまでじゃないけど。でも本当はすぐに国王陛下に報告して指示を仰ぎたいとこなんだけど、こっちも面倒なことになってる」

うんざりしたように髪をかき上げたリュイに、ヴィークが部屋の扉を一瞥《いちべつ》した後、緊張感で張り詰めた声音で話しかける。

「……キースがいないな。どうした」

「こっちに戻してもらえるよう交渉したけど、ヴィークの名前を出しても返してもらえなかった。しかも、皇国への王弟殿下の訪問を止めることも難しいね。ちょうど、王弟殿下の案内役として皇国から宰相が来ていて、そいつが厄介」

リュイはそう話しながら書簡をヴィークに手渡す。

紋章からは国王陛下直々の書簡だということが窺えて、クレアにも緊張が走る。

「――〝皇国の宰相、アレシュ・バラーネクの強い希望により王弟のイーグニス皇国への訪問は延期不可能と判断。予定通り、明日皇国へ向けて出発する。第一王子の側近キースを使節団に同行させる〟か。　俺には王立学校の卒業試験を最後まで受けるようにと書いてある」

「そんな⁉」

「国王陛下の判断もわからなくはない。イーグニス皇国の国力は我が国とほぼ互角だ。友好関係を保つために、向こうが強い希望を示したら特別な事情がない限り従うべきだ」

焦るクレアに事情を教えてくれるヴィークは冷静そうに見える。

けれど、言葉には悔しさが滲んでいた。

状況を理解したクレアはリュイに問いかける。

「キースが助っ人に行っているのって、王弟殿下直属の部隊よね。精鋭が多い部署のように思えるけれど、キースはその中でもそんなに重宝されているの？」

「キースの父親が王弟殿下直属の部隊にいたことがある関係で、確かにキースと繋がりはあるんだけど……でも正直、実力を評価されてのことではないと思う。狙いはほかにあると思うよ。その、アレシュっていう宰相がキースのことを甚く気に入っていて離さないみたい」

「俺の立太子の式典が控えていることが関係しているような気もするな。——例えば、次期王太子の有力な側近候補を引き抜いて、次世代での侵略に備える、とかな」

「あるね」

ヴィークとリュイの会話を聞きながら、緊張が俄《にわ》かに高まっていく。

ジルベールが知っているシナリオ『戦争』に続く未来そのものに思えて、クレアは青ざめたまま動けなかった。

(国王陛下に『魔道具で未来を見た』と伝えても判断を変えるのは難しいような気がするわ。だって、私もジルベール殿下もこの世界が乙女ゲームの世界だということは話していないんだもの。それに、話したって信じるはずがない。この状況で、不確かな情報では動けない)

手詰まりになっているのはヴィークも同じようだ。

重々しく口を開く。

「今日のところはこれで解散だな。ベアトリス殿下が禁呪を使った件とも絡めて、どうにかキースを返してもらえないか、そして王弟の皇国訪問は延期できないか、この二点について夜のうちに国王陛下に書簡を出してみる。話し合いはその返事を待ってからだ」

「じゃあ、明日の朝一番にまたこの部屋に集合だね?」

カラッとしたディオンの声が広い部屋に響く。

古城の中でもひときわ広く豪奢なはずのヴィークの部屋には、暗く重い沈黙が立ち込めていた。

(キース……。どうか無事に戻ってこられますように。ベアトリス殿下のこと以外にも心

配事が増えてしまったわ）

それから部屋に戻ったクレアは、ベッドサイドに魔力を注いだ香炉を置き、母親の形見のブレスレットを身につけたままシーツの間に潜り込んだ。

（今日は本当にいろいろなことがあったわ）

さっきまで頭がものすごく冴《さ》えていたのに、ベッドに入ると体が鉛のように重くなった。そこで、自分は夜のパーティーでお酒を飲んだのだと思い出す。

このセミナーハウスに到着してからずっと、卒業試験のために緊張して過ごし、やっと解放された今夜は息抜きのために慣れないお酒を飲んだのだ。

疲れて体が重くなるのも当然のことだろう。

（そういえば……さっきベアトリス殿下が私の部屋を訪問してきたとき、加護をかけ直したのだけれど、お酒に酔っていたせいか少し不思議な感覚だったわ。体と魔力の境目を感じないような。あれは……何だったのかしら）

初めての感覚だったので、クレアにはわからない。

明日、リュイに聞いた方が早いだろう。

けれどその簡単な答えにたどり着く前に、クレアは深い眠りに落ちたのだった。

クレアは真っ暗闇の中にいた。

闇を認識した瞬間、急に明かりがついて、目の前が白くなる。

(ここは……いつもの夢の中ね)

どうやら、祖母の形見の魔道具を使って見る夢の中にいるようだ。恐らく、いつもの癖で寝る前に魔道具を起動させてしまったのだろう。

そんなことを考えたクレアだったが、いつもと違う光景に目を見張る。

「これは……?」

目の前には、リンデル島の光景が広がっていたのだ。

しかも、今日はリアルな感覚まである。

甘い香りを放ち美しく咲き誇る花々と、頬を撫でる暖かい風に含まれる海の気配。頭上にはぼんやりとした月が輝き、深い藍色の夜空が空を埋め尽くしている。

なぜか、クレアはリンデル島に佇んでいた。

そしてどうやら、クレアは小高い丘の上にいるようだ。

この丘を下りていくとリンデル城裏手の散策路に出て、そこを行くと聖泉と呼ばれる海岸に出ることを、クレアはよく知っている。

「この島は……一度目でも二度目でも、何回も来た思い出の場所だもの」

そんなことを思えば、ふと腕の中に硬質な感触があることに気がつく。

それは香炉だった。

未来を見せてくれる夢と現実の世界を繋ぐ、祖母の形見の魔道具だ。

この香炉を手にして以来、幾度となく未来を夢で見た。

けれど、それでも何となく不気味な感じがして夢の中では香炉を触らないようにしていたはずだった。

それなのにどういうことなのか。

(私が夢の中に入って意識を持ったのはたった今だわ。香炉に手を伸ばす時間なんてなかった。つまり、この夢の中に何か異変が起きているということ……?)

困惑したところで、誰かの悲鳴が聞こえた。けれど助けを求めるような声ではない。はしゃいでいるときの楽しげな声だ。

その声が気になったクレアは、大事に香炉を持ったまま丘を下りていく。

この夢の世界は、いつも映画を見るようにして外から映像を眺めるばかりだった。

しかし今日は違う。

クレアの足は地面を踏みしめ、春の草花の中をしっかりと歩いている。

不思議と懐かしいような気持ちになるのはなぜだろう。

今が夜で、季節は春だからだろうか。

（一度目の人生で偶然洗礼を受けたのも、こんな夜だったから）

もともと、これは夢なのだ。

いつも、香炉を使って見る夢は未来を暗示するものだった。けれどこんな風に、たまにはただの夢であってもいいのかもしれない。

それに、寝る前に魔力を注いで香炉を発動させたはずだったが、今日のクレアはとても疲れていた。

もしかして、魔道具として発動していなかった可能性もある。

（ただの夢ね、きっと。それなら楽しんでしまおう）

思い出がたくさんある、大好きなリンデル島に心を弾ませたクレアは海岸へと向かって歩いていく。

地面が草から石畳に変わり砂へと変化したところで、さっきから聞こえていたはしゃぐような声がさらに大きくなった。

その瞬間に、空がパッと明るくなる。

「――クレア！」

遠くから自分の名前を呼ぶ声が聞こえる。

慌てて声がした方向へと視線を向けると、そこでは数人の男女が夜の海に入っているのが見える。

だが様子が変だ。その中の一人が気を失ったように倒れ込み、残りの数人は心配そうに倒れた少女を覗き込んでいる。

その光景を見た瞬間、クレアは刺すような緊張感に貫かれた。

（……待って）

海岸に気を取られているうちに、いつの間にか空には幾多の細かな光が降り注いでいることに気がつく。

さっきまで藍色だったはずの空は、美しい光の幕――まるでオーロラのような輝きに覆われていた。

（これは……私が『一度目の人生』で経験した洗礼の光景だわ）

クレアの視線の先では、少女が倒れ、誰かに抱えられて海から上がるところだった。

この夢が、懐かしい思い出を再現しているものだとするなら。

（つまり、あの少女は私で……私を抱えているのはヴィーク？）

これは夢だとわかりつつ、失われた一度目の人生の光景に鼓動が高まっていく。

どのヴィークも、クレアにとってはヴィークに変わりない。同じものを食べれば同じ反応をするし、クレアが悲しんでいたら同じ慰め方をしてくれる。

それは、寄り添ってくれる彼の心そのものは根本的に変わらないからだ。

逆にもし、クレアが知らないところで誰かがこの世界をループし続けていたとしても、クレアは何度目の人生でもヴィークを好きになるのだと断言できる。

どんな魅力的な出会いがあっても、ヴィークに惹かれない自分が想像できないのだ。

——だから、一度目の人生での記憶は自分の胸の中にあればいい。

そう思っていたクレアは、いつもは心で反芻していた思い出がリアルな世界になって目の前に現れたことに感動してしまう。

（素敵な夢ね。ヴィークには変わりないけれど……懐かしいわ。こうして離れた場所から見られて、幸せな気分）

一度目の人生で偶然洗礼を受けてしまった日。

クレアはあまりにも大きな衝撃を受けたため気を失ってしばらく目を覚まさなかった。

だから、自分が倒れた後のことは知らないのだが、なるほど、こんな風に運ばれていたのかもしれない。

（夢って面白いわ。見たことがないものでも、補って映像にしてくれるんだもの。もっと見ていたい気がする）

海岸の上、砦《とりで》のような場所に隠れて『一度目の自分たち』をじっと見つめているクレアの隣に、誰かが立った気配がした。

「……ふぅん。ねえ、クレア様って何者なのですか？」

ここにいることを想像すらしていなかった人物の、透き通った声がクレアのすぐ近くで響く。

その人物の姿を確認したクレアは、ここが夢だとわかっているのに動けなくなってしまった。手も足も、まるで何かに縫い止められたように動かない。

「あ……あなたは……」

「ここって、本当に面白い世界ですね。知っている世界なんだけど、どこか違和感があるというか。……もしかしてクレア様の記憶の中だから変な感じがするのでしょうか？」

クレアの隣に突然現れ、何かを勝手に理解したように一方的に話す少女。

それは、目立たない赤茶色の旅装束に身を包み、外套で髪と顔を隠したベアトリスだった。ここはクレアの夢の中のはずなのに、彼女はなぜか見たことがない格好をしている。

普通、夢で見るあまり親しくない人間というのは、少なくともそれなりに見慣れた姿で登場するものではないのだろうか。

困惑しているクレアだったが、ベアトリスは疑問に答えるように伝えてくる。

「私がこの世界に来たのは二日前なんです。気がついたらイーアスの街？　というところにいて。クレア様に弾かれて気を失ったせいで長い夢を見ているのだと思ったんだけど……でも、どんなに経っても目が覚めなかった」

「ベアトリス殿下……」

わけがわからず、名前を呼んだクレアを見て、ベアトリスは「シッ」と自分の唇に人差し指を当てた。

「ここでは敬称をつけるのをやめてもらってもいいですか？　一人きりで行動しているのに、私が皇女だとバレたら困るもの」

夢の中だというのに、まるで自分の身の安全を気にするような振る舞いにクレアは目を見張る。

夢というのは現実離れしたものが多い気がする。しかしこの夢は逆だ。変なところがリアルすぎるのではないか。

驚いて何の言葉も返せないクレアだったが、ベアトリスは全く気にしていないようだ。

上機嫌に一方的な会話を続ける。

「いつまで経っても目が覚めないし、気がつけば夕暮れになっていたんです。いくら夢の中でも、知らない異国で夜を明かすのが怖くなった私は、通りすがりの裕福そうな商人の財布をすりました。そのお金で街に馴染む服を買い、イーアスの街で一番上等な宿屋に泊まることができたんです。――あ、財布をすったことに驚きましたか？　私は最下層の平民の出ですから。そんなこと、わけないの」

「……」

ベアトリスの可憐な笑顔と、伝えてくる内容のあまりの温度差に、クレアの理解は追いつかない。それでも、一方的な会話は続く。

「その宿で食事をとろうとレストランに行ったら、偶然クレア様とヴィーク殿下のお姿を見かけたんです。そこで思い至ったの。ここはもしかして、クレア様の記憶の世界なのかなって」

平然と語るベアトリスの思考回路は、クレアにはないものだ。

ここは、本当にただの夢の中なのだろうか。

急に不安になったクレアは、夢の中の幻影でしかないはずのベアトリスに聞いてみる。

「……ベアトリス様はどうしてそんなことをお考えになったのですか？　普通、長い夢が誰かの記憶の世界だなんて思いもしないはずですが」

「心当たりがあったからよ。……私はこの夢を見る直前、あなたに禁呪を弾かれたんだもの。弾かれて気を失って、イーアスの街にいた。そしてそこにはヴィーク殿下とぎこちなく接するあなたがいた。この推測、当たっていると思うのよね」

「……」

話を聞いているうちにだんだんと緊張感が高まっていく。

打ち消そうと思っても、ベアトリスが言っていることは妙に真実味がありすぎるのだ。

「でも、禁呪を弾かれてよかったかもしれないわ。クレア様と入れ替わってヴィーク殿下に婚約破棄を申し入れようと思っていたのだけれど、この世界に来たらそんなの必要ないかもって思った。ここには、ヴィーク殿下と仲良くなるヒントがたくさんありそうなんだもの」

「禁呪を使ったり、夢の世界で情報を集めたり……。ベアトリス様は一体何がしたいのでしょうか？」

「あなたもわかっているでしょう？　私はヴィーク殿下に見初められないといけないの。これは、皇国の皇太子殿下の命令なの。できなければ私には居場所はなくなる。また財布をする生活に逆戻りするかもしれないし、お母さんだって救えない。だから譲れないの」

ここまで聞いていると、もうクレアにはベアトリスが夢の中の幻影だとは思えなくなっていた。

香炉を持つ手が震える。動揺を抑えきれない。

「だから、私と入れ替わろうとしたのですね。私のふりをして、ヴィーク殿下へ婚約破棄を申し入れるために」

「そうですわ。失敗してしまいましたけれどね？」

「……では、ジルベール殿下と入れ替わっていたのはどうしてですか」

自信満々なベアトリスに、クレアは鎌をかけた。すると、ベアトリスは明らかに目を泳がせる。

「そっ……そんなことはしていないわ？　あの日の夜、私はクレア様の研究室になんて行っていないもの。私には何のことかわかりません」

「今、私はジルベール殿下と入れ替わっていた理由を聞いただけです。彼が研究室を訪ねてきたなんて、一言もお話ししていないわ」

「！」

ベアトリスの反応から推測すると、やはりクレアがレポートを書き上げた夜、研究室を訪ねてきてレポートを見せてくれと言ってきたのはジルベールではなかったらしい。

あれは、ジルベールと入れ替わったベアトリスだったのだ。……もちろん、今目の前にいるベアトリスが夢の中の幻影でなければの話だ。

（どうしてそんなことを）

呆然とするクレアを前に、ベアトリスは気を取り直したようにふふっと微笑んだ。

「でも、この夢の中でクレア様の記憶が変わってしまったら、ヴィーク殿下と思い出を共有できなくなりますね？　思い出の中でお話ししたことも、感じたことも、全部忘れてしまうんだもの。話だって嚙み合わないわ。そんな婚約者、ますます嫌われて当然よ」

「それは」

違う、と否定しようとしてクレアは留まった。

ベアトリスが言う通り、もしこの夢がただの夢でなくてクレアの記憶の中なら、ここはクレアの一度目の記憶の世界だ。

ベアトリスはクレアの記憶が改ざんされることをヴィークとのすれ違いのもとになると思っているようだが、実はそうではない。

この記憶に繋がる思い出を持っているのは、もうクレアしかいないのだ。

かつて一緒に旅をして過ごした皆は、恋人と友人、そして世界を救うために消えてしまったのだから。

（私には、二度目の人生でのヴィークとの思い出がたくさんあるわ。一度目での記憶が消えたって、変わらずにヴィークを好きでいる自信はある。それだけなら問題ない）

考え込んでしまったクレアのことを、ベアトリスはショックを受けているのだと勘違いしたようだ。

まるで歌うように楽しげに告げてくる。

「そうだ、逆に、あなたがヴィーク殿下を嫌いになるように仕向けるのもいいかもしれないわ。その方がずっとやりがいがありそう」

その表情と姿が正気とは思えなくて、背筋に冷たいものを感じた。クレアは手元の香炉をギュッと大切に抱え込む。

（ベアトリス殿下……。予知夢ではこの香炉に執着している様子だったけれど、今は皇太子マクシムのためにヴィークと仲良くなることの方が大事みたい。それどころか、この香炉に見向きもしないわ。まるで、存在を知らないかのよう）

これがただの夢であってほしい。

このどうかしているとしか思えないベアトリスも、レポートの作成に疲れ、慣れないお酒に酔い、最後にトラブルに巻き込まれて疲れ果てた自分の心が見せる、幻影であってほしい。

心の底から祈りながら、クレアはベアトリスをまっすぐに見据えた。

「――そうしたければ、そうすればいいわ」

「えっ？」

「私は記憶が変わったって、ヴィークを好きでいる自信はあるもの」

「な、何を言っているの？　例えば、ヴィーク殿下があなたをこっぴどく傷つけたら？　現実に起きることではないけど、あなたの記憶の中では殿下は最低な男になるのよ？」

「記憶ではそうなっても、私は実際のヴィークを見るわ。そして、そんなことをする人ではないと結論づけると思う」

ベアトリスはクレアの言葉が信じられないようだ。

目を丸くして、ぽかんと口を開けている。そうして、呆れたようにため息をついた。

「クレア様とヴィーク殿下って、政略結婚じゃないの？　この二日見ていて思ったんだけど、どう考えても変ですよね。皆、お忍びって感じの服装をしているし、あなたに至っては留学のためにパフィート国へ向かっているのに、護衛も連れていない。いくら下位貴族の娘だったとしてもおかしいわ」

「……あなたには関係のないことだわ」

大切な思い出を踏みにじられているようで、意識せずとも冷たい声色になるのを感じる。

しかし、ベアトリスはクレアの様子に気がつかない。

ペラペラと手の内を明かしてくる。

「それに、どうやって私の禁呪を弾いたの？　前にカフェテリアで挨拶をしたときに握手を装って加護のレベルを確認したら、誰かによって強力な加護がかけられているみたいだったわ。だから、わざわざ加護をかけていない時間を狙って部屋に行ったのに！」

ベアトリスはクレアが自分でかけている加護を誰かによるものだと勘違いしているようだ。実際には違うが、別に訂正しなくてもいいだろう。

（彼女が私の記憶を変えるというのなら、こちらも彼女に有利になるような新たな情報を与える必要はない）

しかし、答えないクレアをベアトリスは戦意喪失と取ったようだ。偉そうに続ける。

「とにかく、記憶を変えられたくなければ、ヴィーク殿下に婚約破棄を申し入れてくれますか？　ヴィーク殿下ではなく、ジルベール殿下と仲良くなるのも楽しそうですよね」

「……」

あまりの話の通じなさに、眩暈《めまい》がしてきた。

もうこれ以上の会話は無駄かもしれない、そう思ったところで。

「そこにいるのは誰だ？」

少し離れた場所から声をかけられて、ここはリンデル島だったのだと思い出す。どうやら、声をかけてきたのは夜間に見回りをしている騎士のようだ。

いつの間にか、海岸から一度目の自分たちの姿は消えていた。

ベアトリスと話している間に、王城を利用したホテルへと戻ったのだろう。

と同時に、クレアは自分が寝るときに身につけていた寝間着のままだったことに気がついた。

（この格好ではさすがに振り向けないし、この騎士の方がさっき倒れた『一度目の私』を見ていたら大変なことになるわ。同じ顔の人間が二人いるんだもの）

どうしようかと思ったクレアだったが、隣のベアトリスはニコリと微笑んで応じる。

「はーい。ただの観光客です。そろそろホテルに戻りますわ」

「きちんと管理された治安のいい島とはいえ、夜間は気をつけて」

「ありがとうございます」

心配してくれた騎士にベアトリスは礼を言うと、そのままついていこうとする。

それを見て、クレアは慌てて声をかけた。

「べ、ベアトリス様⁉　どちらへ⁉」

「私、ここのホテルに泊まっているんです。……観光客を装ってあなたたちについてきたのだけれど、明日こそは声をかけてみようかなぁ？」

「！」

クレアを挑発するように笑いながら、ベアトリスは楽しげに遠ざかっていく。

その後ろ姿を見ながら、クレアはこれがただの悪夢であってほしいと願う。

自分の記憶云々《うんぬん》は置いておくとして、もしイーグニス皇国の皇太子がヴィークとの繋がりを強めることを狙っているのなら、皇国への使節団に加えられたキースが戻らないこととは無関係ではないはずだからだ。

（……それにしても、この夢は一体いつ終わるのかしら）

一人、海岸沿いの砦に残されたクレアは手元の香炉に視線を落としてみる。

これは現実の世界とを繋ぐ魔道具のはずだ。

ならば、もう一度魔力を注いでみるべきだろう。

試しに、クレアは体にまとわせた魔力を香炉に注ぐ。香炉は淡く光ると、上部から黒い煙を立ち上らせた。

（あら？　いつもは虹色にも見える煙が……今日は黒？）

そう思ったところで、意識がぷつりと途切れたのだった。


「……っ！」

目を覚ますと、部屋は暗かった。

自分が寮の部屋のベッドの上で飛び起きたことがわかる。

（今は……何時なの？）

ベッドサイドに明かりをつけて時計に目をやると、眠りについたときとほとんど時間が変わっていないことに驚く。

「不思議な気分だわ……もっと長く眠っていたような気がするのだけれど」

そして残念なことに、ベアトリスが登場した夢の記憶は鮮明だ。

あんな悪夢早く忘れたい、そう思いながらクレアは枕元の香炉を手に取る。

そこでは、黒い煙が細く立ち上っていた。

「……!?」

夢の中、目覚めようとして香炉に魔力を注いだ後、同じ黒い煙が見えたことを思い出して蒼くなる。

もしかして、つい今まで見ていた夢は本当に自分の記憶の中なのだろうか。

(――だとしたら、私の一度目での記憶が変わってしまうかもしれないわ!)

クレアは慌ててベッドから出ると、バタバタと駆けて部屋に備えつけられた書き物机に座る。

しっかり座り終わらないうちにノートを取り出し、勢いで一度目の人生の記憶を書き記し始めた。

これは、ただ『一度目での思い出』を忘れたくないからではない。

――ベアトリスが、一度目の自分の記憶を変えたとしてもわかるように、だった。

翌朝。書き物机の隣にある窓から差し込む、朝の光でクレアは目を覚ました。

どうやら、机に突っ伏したまま眠ってしまっていたようだ。

「朝だわ……。そうだ、私……!」

昨夜の出来事を思い出し、慌ててノートを確認する。

机の上に広げたままのノートには、十数ページにわたって懐かしい思い出が詳細に書き留められていた。

卒業パーティーから逃げ出した先のイーアスの街でヴィークたちに出会ったことや、パフィート国の王都ウルツへと向かう途中の村で観光を楽しんだこと、レーヌ家で家庭教師として住み込みで働き始めたこと、そのほか大切な思い出がたくさん。

最後に、愛する人と世界を救うためにやり直しを選択したことまでが書き記してある。

ヴィークだけでなく、出会った人との会話で覚えているものは全部。そして、印象的で記憶している食事のメニューや一日の予定についても可能な限り書き留めた。

けれど、その全てを読んでも違和感はない。

（よかった。ベアトリス殿下はまだ何もしていないみたい）

それどころか、クレアは『一度目の人生』でのベアトリスの存在を思い出すことすらできないのだ。

今のところ、ベアトリスが何もしていないのは明らかである。

あんなに自信満々に『ヴィーク殿下のことを嫌いになるように仕向ける』と宣言していたのに、一体どういうことなのだろうか。

（……香炉から立ち上る煙が夢の中で見たものと同じだったから、つい焦ってしまったけれど……本当にただの夢だったのかしら？）

とにかく、このことはヴィークたちに報告しておいた方がよさそうだ。

クレアは急いで制服に着替えると、自分の部屋を出たのだった。

■マクシム・バズレール

国土の多くを砂漠が占める国として知られる、イーグニス皇国。

海沿いに存在する華やかな皇都では、大国・パフィート国からの使節団受け入れのための準備が最終段階に入っていた。

執務室で式典や歓迎行事に関する書類を確認した皇太子、マクシム・バズレールは怒りをあらわにし、それらをばさりと机上に放る。

「これは皇帝陛下の意向が強く反映されているな。私の意見はどうして入っていない？」

「それは、お父上……失礼、皇帝陛下にお聞きになるのがよろしいのではと」

私にはわかりかねます、と言いながら愛想笑いを浮かべる側近に、マクシムは表情を歪めて舌打ちする。

「皇帝陛下は私を軽視している。大体、どうしてイグニール教の教祖様が皇族側として参列しないんだ？　ゆくゆくは国教になる存在の宗教だぞ？」

「それも……皇帝陛下に直接お聞きになってはと」

「もういい。出ていけ」

マクシムに許可を得た側近は、これ幸いと逃げるようにして執務室を出ていく。

それを見送ったマクシムは、机上の書類を片手でなぎ払い、一気に床へと落とした。

バサバサガタン、という音が室内に響き渡った後、さっきまでは綺麗に重なっていた紙が床に散乱する。

しかしそれでもなお苛立《いらだ》ちは収まらない。

握ったこぶしを机に振り下ろせば、鈍い音がした。

(皆、私を馬鹿にしている)

二三歳のマクシムはパフィート国にも匹敵する大国、イーグニス皇国の皇太子だ。

皇族のきょうだいは弟が二人いる。表向きは友好的に振る舞っているものの、決して仲良しというわけではない。

弟たちとは母親が違い、成人して皇太子の座につくまではいろいろな駆け引きがあったのだ。

しかし、あれこれをやっとのことで制し、念願の皇太子の座につけたと思ったところで、市井育ちの妹が特別な能力——禁呪を目覚めさせたことが発覚。

皇族が一人増え、また目の上のたんこぶができてしまった。

イーグニス皇国では女子に王位継承権はないためマクシムの立場が揺らぐことはないが、皇女は禁呪を持っている。

正直、面白くないのが本音だ。

(どうせ生まれも育ちも卑しい皇女だ。民から皇族へのイメージアップに役立て、スパイとして潜入させ使い捨ててやると思っていたが……なかなかしぶとい)

妹のベアトリスは見た目通り弱々しい皇女だと思っていたが、どうやらそうではないらしいのもまた面倒だった。

(市井育ちのベアトリスは、変に向上心が高く無理難題を出しても何とか食らいついてくる。母親に似て頭が弱いらしくトラブルを引き起こしやすいのが難点ではあるが……使い捨てとしてはいい駒ではあるな)

そんなことを思いながら、これまでの人生を思い返す。

マクシムは子どもの頃から殺伐とした環境で育った。

イーグニス皇国の皇位継承権は出生順に与えられるわけではなく、能力を見極めて決定されるため、きょうだいに心を許せない環境だったのだ。

そんな中、転機が訪れたのは八歳の頃だ。

ある日、新しい家庭教師としてやってきた男がマクシムの人生を変えた。

皇族の紹介で特に優秀な存在としてマクシムに勉強を教えることになった初老の男は、何でも知っていて眩しい存在だった。

もとは皇宮の筆頭魔術師として働いていた男だというが、第一線を退いてからは皇国の未来を担う存在を育成したいと考えたらしい。

その『未来』に自分が選ばれた。

皇太子という椅子が喉から手が出るほどほしかったマクシムとしては、それが死ぬほどうれしかった。

次第にマクシムは男に心酔していき、夢中になった。

家庭教師が不要になった後も初老の男を『教祖様』と呼び、彼が創り上げた宗教『イグニール教』を国民に広めることにした。そして今に至る。

(私を皇太子の椅子につかせたのは、教祖様だ。彼がいらっしゃらなかったら、私は弟たちの後塵《こうじん》を拝していたかもしれない)

コンコン。

扉をノックする独特のリズムに、マクシムはこれまでの険しい表情を和らげる。

「はい、どうぞ」

「……パフィート国からの使節団についてはどうなりましたか」

扉を開け、顔を覗かせるなり挨拶もせずゆっくりと話しかけてきた男に、マクシムは恭しく礼をした。

「これは教祖様。ご連絡をいただけたら、こちらからお伺いしましたところを」

「皇太子殿下にそのような手間をかけさせるわけにはいきませんよ。……それで、使節団については?」

マクシムは微笑んで『教祖様』を部屋の中に迎え入れ、ソファへと案内する。

「……正直に申し上げると、理想通りに進んでいるわけではありません。いちいち父上の邪魔が入りますから。ですが、パフィート国へは使節団の付き添いとして宰相のアレシュ・バラーネクを潜入させております」

「なるほど。私が教えた通り、ヴィーク殿下の側近をこちらに引き込む算段をつけているということですね。いい教え子だ。その側近が皇国に到着したらぜひ私に紹介を」

「もちろんです。イーグニス皇国で私に仕えるのなら、イグニール教への入信は当然のことですから」

マクシムはベアトリスが留学期間中にヴィークと懇意になれなかったときの保険を残してあった。

それこそが、ヴィークが頼りにしていると評判の側近の一人をこちらに引き込むことである。

（信頼する側近に説得されれば、パフィート国の次期王太子も婚約者をベアトリスに変えることになるだろう。その側近を人質にしてもいい。そしてパフィート国を皇帝陛下――父上ではなく、私側につけることができれば、私の発言力も変わり、イグニール教が国教になる日も近づく）

マクシムの計画はうまくいっているように思えた。

そこへ、さっき一目散に部屋を去ったはずの側近が手紙を携えて現れた。

「皇太子殿下。パフィート国の王立学校へ留学中の妹君——ベアトリス殿下のご学友からお手紙が届いております。緊急の用だと」

「また何だ。面倒だな」

無造作に手紙を受け取ったマクシムはそのまま目を通す。

急いでいたためかろくに挨拶文も書かれていないその手紙の内容は、マクシムを怒らせるのに十分なものだった。

「……ベアトリスが禁呪に失敗して、意識が戻らないだと⁉　しかも、よりにもよって使用した相手がヴィーク殿下の婚約者で、ヴィーク殿下ご本人にも禁呪の使用を知られてしまったとは！　一体どういうことだ⁉」

怒りに震えるマクシムに怯《おび》え、慌てて部屋を逃げ去っていく側近の代わりに、『教祖様』が穏やかな笑みで手紙を覗き込んでくる。

「まぁ、そういうこともあるでしょう。彼女は本来は皇族ではないのだから……おっと、先日ヴィーク殿下が正式に婚約を交わしたお相手はノストン国のクレア・マルティーノでしたか？　いけませんな、そういう大事なことはもっと早くに知らせてもらえませんと」

「？　ヴィーク殿下の婚約者に何か問題でも？」

手紙を覗き込んで初めてクレアの名前を知ったらしい『教祖様』は、マクシムの問いに感情の読めない瞳で淡々とした微笑みを見せた。

「ノストン国のマルティーノ公爵家といえば、私のような魔術師の界隈《かいわい》では知る人ぞ知る女傑の家系です。ベアトリス嬢の禁呪が跳ね返されるのは当然のこと。それどころか、皇国の皇族を上回る色の魔力や禁呪を持っている可能性もある」

「なんっ……だと⁉」

「これも、私を皇国の中枢に置いていただければ防げた事態。何とも残念なことだ」

ため息をついた『教祖様』の前、マクシムは心底申し訳ない気持ちになる。

（教祖様がおっしゃる通りだ。皇帝陛下がもっと私を重用し、私の師である教祖様にも相応の立場を与えていればこのようなことにはならなかったものを）

側近が持ってきた手紙の署名の隣には、鷹を模した紋章が押されている。

これは、イグニール教の傘下にあることを示すしるしだ。まだあまり浸透していないが、国民からの人気が高いベアトリスを中心に使わせている。

皇国でこの署名の隣の紋章が広く知られる日も近いことだろう。

今回のことは、ベアトリスの無知さと考えの浅さが招いた事態だとはわかっている。

けれど、父である皇帝に不満を持つマクシムにとっては怒りの矛先を違《たが》えるのに十分だった。

「皇帝陛下――いえ、父上にすぐにでも抗議をしてまいります。この失態は、教祖様を重用しないせいで起こったものだと」

立ち上がり部屋を出ようとすれば、師に止められる。

「いいえ。そんなことよりも、たった今、この機会に探したい魔道具ができましてね」

「魔道具？」

「ええ。せっかく、留学中のベアトリス嬢を通じてノストン国のマルティーノ家と自然に関わることができるのです。ベアトリス嬢には作戦を変更し、かつて存在したとされる魔導具『夢を見せる香炉』を探させるのが良いでしょう」

目を見張ったマクシムに、師は意味深に微笑む。

そして言った。

「銀の魔力を持つ者にしか使えない、未来を知ることができる特別な魔道具です。――そう、私めのように」

第二四章

卒業レポートを提出し、パーティーも終わった。

後半の学科試験が始まるまで、今日から卒業試験は三日間の休暇に入る。

そのため、セミナーハウス内は比較的静かだ。

昨夜のパーティーでは夜遅くまで起きていた生徒が多かったようだから、朝の風景が落ち着いているのは当然のことなのかもしれない。

しかしクレアたちは違う。飛び起きてすぐに身支度を整え、古城奥のヴィークの部屋を訪れたクレアだったが、既に全員が集まっていた。

ヴィークとリュイ、ドニ、ディオン。

皆が制服を着て席に着いていて、テーブルの上には昨夜ベアトリスとネリの部屋から没収した二つの小瓶が並んでいた。

恐らく瓶には、眠り薬と意識を錯乱させる薬が入っているのだろう。

この前ベアトリスが持ち歩いていたものに比べると数倍以上の大きさだ。ここから持ち運び用の瓶に補充していたのだろうと容易に想像できる。

それらを目にしたクレアは慌てて扉を閉め、自分も席に着いた。

「遅くなってごめんなさい。もう皆揃っているのね」

「あんなことの後だったが、ちゃんと眠れたか？　今日は朝早くに国王陛下から返答があったんだ。そのせいでリュイとドニには早く集まってもらっただけだ」

ヴィークは浮かない表情をしていて、その返答が良くないものだったことが想像できる。クレアは「眠れたわ」と応じた後、恐る恐る聞いてみた。

「……それで、陛下は何と？」

「ああ。まず、ベアトリス殿下の禁呪使用があったとしても、王宮の王立学校の卒業試験への介入は規則通り不可。もし、試験日程を外れてキースを迎えに行くようなことがあれば、俺は落第する」

「そんな」

「王弟の皇国訪問の延期についても、判断を変えることはないと。おそらく、雰囲気的に友好ムード全開なのだろう。いくら俺の婚約者に禁呪が使われたとはいえ、ここで波風を立てる方が良くないという考えのようだな。それはそうだろう。これが戦争に繋がる可能性があるなどという見方は、普通ならありえないことだからな」

ヴィークに伝えられた国王陛下の判断は至極当然のものだった。

（確かにその通りではあるのよね。ベアトリス殿下が勝手にやったことだと言われたら、謝罪を受けてそれで終わりの話だもの。私も『未来を見た』なんて話せる気がしないし。

今伝えられる情報では、仕方がないのはわかるわ）

クレアも残念に思いつつ納得しかけたものの、リュイが意見を挟む。

「だけど、香炉のことを話してみるのは有効な気がする。クレアの祖母上が使っていた魔道具なら、ノストン国に記録が残っているかもしれないし。なくても、クレアの能力を知っていれば信じてもらえるかもしれない」

「それはあるな。王弟の皇国への出発の時間までに、もう一度書簡を出してみるか。本当は俺が自分で行って国王陛下を説得したいところだが、ここを出たら落第だしな」

「それがいいね。王立学校の卒業試験では例外が認められない以上、現状ではそれは現実的だと思う。私がもう一度王宮へ行ってくるよ。クレア、パフィート国からノストン国に祖母上の形見について照会が行くと思うけど大丈夫？」

リュイに問いかけられ、ことの成り行きを見守っていたクレアは力強く頷いた。

「ええ。すぐにマルティーノ公爵家が対応できるよう、これから私もお兄様に手紙を書くわね」

「わかった、ヴィークとクレアに紙とペンを準備するね」

「ありがとう、リュイ」

（まずは書簡を届けることが先だわ。不思議な夢の話はその後にしましょう）

クレアは持ってきたノートと香炉をぎゅっと抱きしめる。

そうして、ヴィークは国王陛下への書簡を、クレアはマルティーノ公爵家への手紙を書く。やっと一息つけたように思えたところで、部屋の扉が開いた。

「……？」

全員が揃ったと思っていたクレアは首をかしげたが、その客は賑やかにズカズカと入り込んできた。

「朝一番に部屋に来るように、というから来てみれば……！　どうしてもう皆揃っているんだ!?　昨夜はパーティーで夜更かしした上に今日は休日なはずなのに、早すぎだろう!?　リュイ嬢と一緒に朝食を、と思っていたのに！」

「ジルベール　ネボウ　ポンコツ！」

騒々しく現れたのはジルベールとプウチャンである。

プウチャンが頭上をばっさばさと飛び回り、風ができている。

さっきまでのシリアスな空気にまったくそぐわないうるささに、全員が遠い目をした。

「ヴィーク。この人黙らせていい？」

「そう怒るなリュイ。ジルベール殿下にも『入れ替わり』については話を聞かないといけないだろう。ずっと多忙だったそうで、今日やっと捕まったんだから」

（そうだわ。ジルベール殿下にもお話を聞けていなかったのよね）

レポート提出まであと三日になったあの日、研究室にいるクレアを訪ねたのが誰だったのかはまだ判明していなかった。

昨夜、ベアトリスがクレアに入れ替わりの禁呪を仕掛けたことを考えると、研究室にやってきたジルベールの中身がベアトリスであることはほぼ確定に思えたが、それでも一応は話を聞く必要がある。

バタバタとプウチャンが飛び回る中、席に着いたジルベールにヴィークは問いかける。

「四日前の夜のことについて聞きたい。どこで何をしていた？」

「ん？　四日前なんて、そんな急に聞かれましても」

「では質問を変える。貴殿は研究室のクレアを訪ねたか？」

「え？　私がか？　ルピティ王国に高等教育導入のため奔走するなぜ私がそんなことを？　リュイ嬢から誤解を受けるような問いはやめてくれないか」

本気で目を丸くし、首をかしげてしまったジルベールを見てクレアは確信した。

（やっぱり、あのジルベール殿下はベアトリス殿下だったのね）

一方、飛び回りながらも話を聞いていたらしいプウチャンも、クレアたちの推測を肯定してくる。

「オモイダシタ！　ヨッカマエノヨル　ジルベール　ミウシナッタ！　イツノマニカ　ヘヤデネテタ　ケドナ！　キコウハ　イツモノコト　ダカラ　キニシテナカッタ！」

「これで確定だな。皇女ベアトリスは何らかの意思を持ち、王族もしくは王族に近しい人間と入れ替わりをしている。二人となると、言い逃れはできない。明らかな間諜行為だ」

真剣に告げられたヴィークの言葉に、クレアは手を挙げる。

「実は、私もあれから今朝までの間に、ベアトリス殿下に関して一つ相談したいことができたの」

「あれから？　何かあったのか？」

「ええ。……私、昨夜この香炉を使って夢を見たの。そして、その夢の中でベアトリス殿下に会った」

「……!?」

クレアの言葉に、ヴィークは固まっている。それはそうだろう。

仮に自分が逆の立場でも、この突拍子もない報告を引っかからずに受け入れられる自信がないのだ。

普段、香炉を使ったことがないヴィークたちにすれば、意味がわからないはずだ。

「それはどういうことだ？　その魔道具で見られる未来に皇女ベアトリスがいたということか」

「私がベアトリス殿下にお会いしたのは未来じゃない。簡単に言うと、過去のような気がするの」

「過去……!?」

絶句し、考え込んでしまったヴィークの代わりにリュイが聞いてくる。

「クレア、その香炉で見られるのは未来のはずだったよね？　狙ったものではないけど、未来を知ることができる魔道具だと」

「ええ。普段はこんな風にして使うの」

そう答えて、クレアは香炉に魔力を注ぎ込む。

しばらくすると、香炉の上部から細い虹色の煙が立ち上りはじめた。キラキラとした光を帯びたそれに、ドニが「わ～キレイだね？」と笑っている。

「今は虹色の光に見えるでしょう？　でも夢の中で見たのは黒い煙だった。そして、今朝目覚めたときに見えたのも黒い煙だったの。夢の中で見た過去も、絶対にベアトリス殿下が存在しえなかった場所で。こんなの初めてで」

「……確かにそれは気になるな」

ヴィークが身を乗り出したところで、頭上を飛び回っていたプウチャンから変な悲鳴が聞こえた。

「ギャッ⁉」

「プウチャン⁉」

ガシャンと音がする。

さっきからバタバタと高い天井を飛び回っていたプウチャンはうっかりシャンデリアに

激突してしまったらしい。

ジルベールの心配そうな呼びかけと共にテーブルの上に降ってくる。

――そこには、ベアトリスとネリの部屋から押収した眠り薬の瓶があった。

(あっ……!)

手を差し出す間もなく、瓶は床に落ちた。

そしてここは古城である。床は石でできていて、眠り薬入りの瓶は粉々に割れてしまった。

そこから一気に広がる眠り薬の気配に、緊張が走る。

(いけない! 今朝、急いでここへ来たから加護をかけ直していないのだったわ)

しかし気づいてももう遅い。大量の眠り薬は一気に蒸発し、辺りを満たしていく。

クレアにも次第に眠気が訪れ、体が重くなる。制服には申し訳程度の加護がついているとはいえ、この薬品による影響は防げなかったようだ。

皆は大丈夫なのだろうか。自分だけ眠ってしまったら申し訳ない。これからまだたくさんしなければいけないことがあるというのに。

そんなことを思いながら、クレアの意識は奥底に沈んでいったのだった。

ここは夜のようだ。心地いい季節の風と、懐かしさを感じるバラの香りの中で、クレアはうっすらと目を開けた。

視界に映ったのは、夜のテラスである。

見覚えのあるテーブルセットが置かれていて、その先には瀟洒《しょうしゃ》な館が見えた。

（このローズガーデンは……！）

クレアの記憶の中でも、一際輝いているその場所に思わず息を呑む。

「ここはレーヌ男爵家だわ……」

クレアはレーヌ男爵夫人が大切にしているローズガーデンに立っていた。

すぐそこに見えるテーブルセットは、かつてクレアが間借りしていた部屋のテラスに置かれていたものだろう。

すっかり日は暮れ、頭上には星が瞬いている。

さっき、クレアは皆に見せるため、香炉に魔力を注いで魔道具を作動させた。その後すぐに眠り薬で眠ってしまったせいで、夢の世界に来てしまったのだろう。

その証拠に、腕の中の香炉からは黒い煙が上がっている。

（過去の世界でと、そこから戻ってきたときにはこの煙が黒くなるのね）

この状況がどういうことなのか把握したクレアは、手にした香炉と一度目の記憶を書き留めたノートを抱きしめた。

「私の一度目の人生での記憶の中、レーヌ男爵家……」

二度目の人生を送り始めたクレアは、もう二度と出会うことのないここでの思い出と出会いを何度も反芻した。

それほどに、ここはクレアにとって大切な場所だ。

一度目の人生、ノストン国を出たクレアは、ヴィークたちの誘いにのってパフィート国へとやってきた。

それからクレアは初めて自分の力で生きていくために職業紹介所を訪ね、そこで紹介されたのが、ここレーヌ男爵家での住み込みの家庭教師という仕事である。

(レーヌ男爵夫妻もイザベラお嬢様もとっても素敵な方々だった。私がここで過ごしたのはほんのひと時に過ぎなかったけれど、それでも私にとっては忘れられない大切な場所)

二度目の人生でもレーヌ男爵家やイザベラとは付き合いがある。けれどあまりの懐かしさに、クレアはこの思い出深い季節の空気を胸いっぱいに吸い込んだ。

ローズガーデンと、テラスのテーブルセット、屋敷のカーテンから漏れる室内の灯り。

そのどれもが輝かしく心惹かれるもので、ここにいてはいけないとわかっているのに、手放せそうにない。

「――ここは？」

（えっ⁉）

背後から聞こえた声に、クレアは飛び上がりそうになったのを何とか堪えて振り向く。

「……ヴィーク⁉　どうしてここに⁉」

そこにはなぜかヴィークがいた。

もちろん、これが一度目の記憶の中のヴィークではないことは、王立学校の卒業試験用の制服を着ていることからもわかる。

この夢を見られるのは自分だけではなかったのだろうか。

口をぽかんと開けて固まってしまったクレアだったが、ヴィークの背後から続々といつものメンバーが顔を出す。

「ここってレーヌ男爵家だよね？　どうしてこんなところに？」

「わ～いつ来てもおっしゃれな庭～。でも季節が春？　変な感じしない～？」

「イザベラ様、僕たちが王都を空けてる間、ちゃんと勉強してるかな」

「なんっ……なんだっ……ここはっ！」

リュイ、ドニ、ディオン、ジルベールの順番で顔を確認したクレアは蒼くなった。

さすがにプウチャンはいない。身軽なフクロウだけに、危険を察知して主人を放置し逃げたのだろう。

(状況を分析して懐かしさを感じている場合ではないわ⁉　だってこれでは、自分で自分の記憶を変えることになってしまうもの！)

ベアトリスには啖呵《たんか》を切ってみせたものの、クレアだって大切な思い出が変わってしまうのは嫌だ。そう思ってもう一度ノートを持つ手に力を込める。

けれどどういうことなのか。

クレアは加護をかけていなかったせいで眠りに落ち、ここへ来てしまったのだが、まさかヴィークたちが加護をかけていないはずがない。

「皆がここにいるっていうことは、私と一緒に眠り薬のせいで眠ってしまったってことよね？　ヴィークの加護はどうしたの⁉」

問いかけると、リュイが心底落ち込んだ様子で頭を抱えてしまった。

「実は今日、ジルベール殿下とプウチャンを部屋に呼ぶって言ったら、ヴィークが加護はプウチャンにかけてもらいたいって言い出して……私も一緒にいるし、何かあっても大丈夫かと油断してかけなかったんだよね。ごめん」

「そんな？　ヴィーク、何でそんなことを言い出したの⁉」

「前にジルベール殿下がカフェテリアでプウチャンに加護をかけてもらっていただろう？　あれを見て、いつか精霊の加護を経験してみたかったんだ。……悪い」

申し訳なさそうに謝ってくるヴィークに、クレアは呆然としつつも少し笑ってしまう。

王宮や王立学校では王子らしく振る舞っているが、本来のヴィークは型にはまらないタイプだ。

そんなところも、初めは彼の身分を知らなかった一度目の人生のことと重なって懐かしかった。

（それにしても、朝早く集合してそんな話をしていたなんて）

緊急事態に思えても、どこか余裕のあるヴィークたちに安堵すらする。

少し落ち着き、辺りを見回したリュイが聞いてくる。

「クレア、ここは過去の世界なの？」

「ええ。……だけど、過去は過去でも、『一度目』の過去なの」

本当はさっき話してしまいたかったのだが、話の途中で全員がこちらに来てしまったのだから仕方がない。

本格的に説明するため、クレアは続ける。

「ここは私の記憶の世界なのだと思う。さっき夢の中で見たのも、一度目の人生にしかないシーンだった。そこになぜかベアトリス殿下がいたの。街で目立たない服を買って着替え、ホテルに泊まっているみたいだった」

「そもそも、どうして皇女ベアトリスはクレアの記憶の世界にいるんだ？」

ヴィークの言葉に、クレアは考えていた仮説を明かす。

「これは仮説なのだけれど、もしかして、ベアトリス殿下を弾いてしまったときにかけていた加護が歪《いびつ》なものだった可能性があるわ。パーティーでお酒を飲んで、フラフラしていて……自分の体と魔力の境目がわからないような不思議な感覚だった」

「確かに、クレアは普段お酒を飲み慣れていない上に弱いもんな。そこへ禁呪をかけられた、と。何が起きてもおかしくない。……皇女の自業自得ではあるが」

納得したように応じるヴィークの意見に、リュイが頷いた。

「クレアのブレスレットも関係あると思う。それは、旧リンデル国では国宝扱いの魔道具だからね。それは『祝福の象徴』で、繋ぎ目をなくすことができるもののはずだよ。要因が重なって、クレアの記憶とベアトリス殿下の意識の境目がなくなったのでは？」

「確かにその通りだわ……！　つまり、いろいろな偶然が重なった結果、私はベアトリス殿下をこの記憶の世界に飛ばし、しかも自分たちもここに来てしまったということなのかしら……？」

「恐らくね」

ならば、一刻も早く戻らなくてはいけない。

そして、ベアトリスを現実の世界へと連れ帰る必要もあるのだ。

こうしてはいられない。ベアトリスは一体どこにいるのだろうか、と思考しかけたところで、ヴィークが聞いてくる。

「ここでの時間の流れは現実と一緒なのか？」

「いいえ、明らかに違うわ。だって、昨夜見た夢では、一時間近くこの世界にいたはずなのだけれど、実際には一分も経っていなかったみたい。今も、さっきまでいたリンデル島と私がレーヌ家にお世話になるまでの日数を考えるとかなり進んでいる気がするわ」

「なるほど。……それなら、この世界をもっと見ていくのも悪くないな。その時間感覚だと、数か月はここにいても学科試験に間に合うのか？　どうせ試験期間中は、キースのことも皇女ベアトリスのこともどうにもできないんだ」

「ヴィーク⁉」

思ってもみなかったまさかの提案に、クレアは目を瞬いた。

けれど、意外なことに皆も賛同している。

「いいね！　それに、僕たちの姿はこの世界の人に見えてないみたいだ。だってほら」

「？」

ディオンの視線の先をたどると、明かりが漏れていた窓からカタンと音がした。

するとカーテンが開いて二つの人影が現れる。

（あれは……！）

そこには今からクレアの部屋を出て帰ろうとするヴィークと、それを見送るクレアの姿があった。

クレアは寝間着ではないものの、リラックスしたカジュアルなドレス姿。

ヴィークも王子様には見えないような街着を身につけている。

その全てが心に響いて、クレアは目を見張った。


「帰り道、気をつけて」

「ああ。また明日、学校で」


そんな会話が聞こえて、思わず赤面してしまう。

クレアたちは『一度目のクレアとヴィーク』のすぐ近くにいるのに、二人は全く気がついていないようだ。

部屋の中のテーブルにはティーカップが二つ並んでいるのが見えた。

そんな場合ではないとわかっているのに、懐かしくなってしまう。

じっと見つめていると、『一度目のヴィーク』はクレアたちの前をスッと横切り、庭園の奥へと消えてしまった。

きっと、あの向こうに出入りが容易な塀があるはずだ。

ヴィークを見送った『一度目のクレア』も部屋の中に戻り、窓が閉まる。程なくして、

明かりが一段薄暗いものになった。部屋の照明を来客時用の明るいものから、普段ゆっくり過ごすときのものに落としたのだろう。

それを見届けたクレアは首をかしげた。

「さっきの、リンデル島でベアトリス殿下とお話しした夢では、確かにこの世界の人に見えていたはずなのだけれど」

「何が違うんだろうな」

リンデル島の夢では、クレアはベアトリスと一緒にいるところを騎士に見つかり、話しかけられた。

あのときは、明らかに自分の姿がこの世界の人に見えていたのだが、今はまるで透明人間になってしまったようだ。

「夢への入り方が眠り薬だったせいかしら……？　う－ん、ほかにもたくさんの要素がありすぎて見当がつかないわ」

するとドニがあっけらかんと言い放つ。

「制服じゃな～い？」

「……制服？」

「そう。この制服って、卒業試験のために特別な加工がされているよね～？　リュイは知ってると思うけど、この制服を身につけることの本当の目的は『申し訳程度の加護』

じゃない。まぁ、卒業試験の内容は卒業生に緘口令が敷かれるから、これ以上話せないんだけど」

　ドニの言葉にリュイを見れば、リュイも気まずそうに頷いた。

「確かに、この制服には特殊な加工がしてある。この世界で予想外の効果を発揮してもおかしくない」

「なるほど。さっきの私は制服を着ていなかったし、ベアトリス殿下もそうだったわ。だからなのね？　辻褄が合う」

　つまり、クレアたちはこの制服を身につけていればこの世界の人には見つからず、記憶を変えずに済むようだ。

（それにしても、三日後からの学科と実技の試験、制服に特殊な加工が必要なほどハードなものになるのかしら……？）

「ああ、試験のことはあまり難しく考えなくて大丈夫。規則で内容を話せないだけで、ヴィークやクレアにとってはそんなに大変なものではないから」

　真面目なクレアの心配を汲《く》み取ったのか、リュイが微笑みで落ち着かせてくれる。

　それでやっと、クレアも気持ちを切り替えることができた。

（考え方を変えると、もしかしてこれは良い機会に恵まれたのかもしれないわ……）

　一度目の人生でのこの期間の思い出は、クレアの心の支えになっている大切なものだ。

普段誰かと話すことが叶わないだけに、もう一度見られると思うだけで感極まりそうになる。

ほんの少し俯いたクレアの耳に、ヴィークたちの会話が聞こえてくる。

「さて、明日の朝までどこで過ごすか」

「王宮に空き部屋がたくさんあるね。そこに行こうか」

「わ～。秘密の旅行みたいだね～?」

「でもこの世界にはおじい様がいるのか。怖いなぁ。ちょっと複雑だなぁ」

「リュイ嬢と秘密の旅行……! これはどんなルートでも存在しえなかったすごいイベントだ……!」

わいわいと楽しそうな彼らの後ろ姿を見つめながら、クレアはゆっくりとついていく。

感慨に浸っていると、ふと前を歩いていたヴィークが振り返り、手を差し出してくる。

「――どんなに一緒に過ごしたかったと願っても絶対に叶わなかった、クレアの一度目の人生か。楽しみだな」

「……ええ、私も」

懐かしい春のバラが咲き誇る庭で、クレアはヴィークの手を取った。

ここでクレアの手を握り、隣で悪戯っぽく笑うヴィークの姿は、『一度目の人生』ではありえなかったものだ。

これまで自分が歩んできた人生の正解が、今この瞬間に詰まっている気がする。
クレアは胸がいっぱいになるのを感じながら、ヴィークの手を握り返したのだった。

元、落ちこぼれ公爵令嬢です。⑤／完

あとがき

こんにちは、一分咲です。

この度は『元、落ちこぼれ公爵令嬢です。』五巻をお手にとっていただき、本当にありがとうございます!

王立学校の卒業試験に始まり、いろいろなことが起こる五巻になりました。

四年前にＷＥＢ版を完結させたときから、なんとなくクレアの一度目の記憶の世界に行くヴィークたちのお話を書いてみたいなと思っていたので、実現してとてもうれしいです。

そして、物語は六巻へと続きます。

五巻が出るまでに一年三ヶ月かかってしまった(すみません……!)のですが、六巻は遅くても年内にはお届けできるように頑張っています……!

どうか引き続きお楽しみいただけますように。

今回も眠介先生に素敵なイラストを描いていただきました。デザインしていただいた卒業試験用の制服がとってもかわいいので見てください!

そして、挿絵にはひさしぶりに一度目の世界のクレアとヴィークが登場しています。髪が短いクレアが懐かしく、しみじみとしてしまいました。

また、元落ちは２０２４年5月に白鳥うしお先生によるコミカライズ版のコミックス六巻が発売されたばかりです。

電子限定の短編小説付き特装版では、ヴィークとオズワルドの短編小説を書かせていただきました。気になる方はぜひ読んでみてください……！

最後になりましたが、本作の出版に際し、お力添えくださった皆様に感謝を申し上げます。

そして、いつも応援してくださる読者の皆様、本当にありがとうございます。

感想などがありましたらぜひ出版社様までいただけますと幸いです。私がとても元気になります。

また六巻でお会いできることを心から願って。

一分咲

MAG Garden NOVELS

元、落ちこぼれ公爵令嬢です。⑤

発行日　2024年6月25日 初版発行

著者 一分咲　イラスト 眠介　キャラクター原案 白鳥うしお

発行人 保坂嘉弘
発行所 株式会社マッグガーデン
〒102-8019 東京都千代田区五番町6-2
ホーマットホライゾンビル5F
編集 TEL：03-3515-3872　FAX：03-3262-5557
営業 TEL：03-3515-3871　FAX：03-3262-3436
印刷所 株式会社広済堂ネクスト
装　幀 Pic/kel（鈴木佳成）

本書は、「小説家になろう」（https://syosetu.com/）作品に、加筆と修正を入れて書籍化したものです。

ISBN978-4-8000-1459-7 C0093　Printed in Japan

著者へのファンレター・感想等は〒102-8019（株）マッグガーデン気付
「一分咲先生」係、「眠介先生」係、「白鳥うしお先生」係までお送りください。